박석환
판타지 장편 소설

마법체계

Magic System

마법체계 5

박석환 판타지 장편 소설

초판 1쇄 찍은 날 § 2007년 5월 30일
초판 1쇄 펴낸 날 § 2007년 6월 9일

지은이 § 박석환
펴낸이 § 서경석

편집장 § 문혜영
편집책임 § 유경화
편집 § 이재권 · 유혜림

펴낸곳 § 도서출판 청어람
등록번호 § 제1081-1-89호
등록일자 § 1999. 5. 31
어람번호 § 제1-0839호

주소 § 경기도 부천시 원미구 심곡1동 350-1 남성B/D 3F (우) 420-011
전화 § 032-656-4452 팩스 § 032-656-4453
http://www.chungeoram.com
E-mail § eoram99@chollian.net

ISBN 978-89-251-0727-1 04810
ISBN 89-251-0453-9 (세트)

[완결]

박석환
판타지 장편 소설

마법체계
Magic System

5 [숙명]
FANTASY FRONTIER SPIRIT

도서출판
청어람

Contents

Chapter

공작의 평전

당신이 생존을 위해 무엇을 하는가는
내게 중요하지 않다.
당신이 무엇 때문에 고민하고 있고
자신의 가슴이 원하는 것을 이루기 위해
어떤 꿈을 간직하고 있는가 나는 알고 싶다.

당신이 몇 살인가는 내게 중요하지 않다.
나는 다만 당신이 사랑을 위해
진정으로 살아 있기 위해
주위로부터 비난받는 것을
두려워하지 않을 자신이 있는가 알고 싶다.

어떤 행성 주위를 당신이 돌고 있는가는 중요하지 않다.
당신이 슬픔의 중심에 가 닿은 적이 있는가
삶으로부터 배반당한 경험이 있는가
그래서 잔뜩 움츠러든 적이 있는가

또한 앞으로 받을 더 많은 상처 때문에
마음을 닫은 적이 있는가 알고 싶다.

나의 것이든 당신 자신의 것이든
당신의 기쁨과 함께할 수 있는가 나는 알고 싶다.
미친 듯이 춤출 수 있고 그 환희로
손가락 끝과 발가락 끝까지 채울 수 있는가
당신 자신이나 나에게 조심하라고 현실적이 되라고
인간의 품위를 잃지 말라고
주의를 주지 않고서 그렇게 할 수 있는가.

당신의 이야기가 진실인가 아닌가는 중요하지 않다.
당신이 다른 사람들을 실망시키는 한이 있더라도
자기 자신에게는 진실할 수 있는가
배신했다는 주위의 비난을 견디더라도
자신의 영혼을 배신하지 않을 수 있는가 알고 싶다.

어떤 것이 예쁘지 않더라도 당신이 그것의
아름다움을 볼 수 있는가
그것이 거기에 존재한다는 사실에서
더 큰 의미를 발견할 수 있는가 나는 알고 싶다.

당신이 누구를 알고 있고 어떻게 이곳까지 왔는가는
내게 중요하지 않다.
다만 당신이 슬픔과 절망의 밤을 지샌 뒤
지치고 뼛속까지 멍든 밤이 지난 뒤
자리를 떨치고 일어날 수 있는가 알고 싶다.

나와 함께 불길의 한가운데 서 있어도
위축되지 않을 수 있는가
모든 것이 떨어져 나가더라도
내면으로부터 무엇이 당신의 삶을 지탱하고 있는가
그리고 당신이 자기 자신과 홀로 있을 수 있는가
고독한 순간에 자신과 함께 있는 것을
진정으로 좋아할 수 있는가 알고 싶다.

—오리아 마운틴 드리머 〈초대〉

공작의 평전

약 17만 명이 목숨을 잃었고 8만 5천 명이 큰 중상을 입은 바이슨의 마왕 전쟁. 그 큰 전쟁이 종결된 후 왕국은 빠른 속도로 회복되어 나갔다. 빡빡한 인원으로 여러 가지 업무를 처리하느라 왕성은 눈코 뜰 새 없이 바쁜 나날의 연속이었다.

곳곳이 파손되고 무너진 왕성과 체계의 마도사에 의한 파장 효과로 완전히 망가져 버린 성문 앞을 공사하는 데에는 적어도 족히 반년은 걸릴 듯했다.

그때의 참혹했던 일은 지나와 생각해 보면 아주 까마득

한 옛날의 이야기처럼 느껴지지만 그것은 불과 얼마 전에 일어났던 대참사였다.

진실과 비밀의 엇갈림.

나는 지금부터 약 10만여 명의 바이슨 군사가 목숨을 잃었던 이 일화를 로크라는 사내를 이야기의 중심으로 하여 평전을 써내려 가려 한다.

정말로 두려웠으며 하나의 재앙과도 같았던 끔찍한 기억.

이 이야기의 시작과 끝은 체계의 대마법사 로크의 말과 주위 지인들의 이야기. 그리고 세간에 떠도는 소문을 주축으로 한 평전임을 미리 일러둔다.

　　　　　—비스틴 폰 브레이크 공작 [평전] — 프롤로그

비스틴 공작은 책을 덮고 천천히 일어났다.

야간 업무를 모두 끝내고 쓰기 시작하는 평전이라 피로가 겹쳐 온몸이 뻑적지근했다. 침침한 눈 때문에 눈 사이를 손으로 짚었다. 그때 문고리가 철컥 열리는 소리를 들었다.

"오랜만이오, 비스틴 공작."

이제 나이가 들어서일까 눈이 침침해 문을 열고 들어온 사내가 잘 보이지 않았다. 흐릿하게 보여 손으로 눈을 비볐다. 왠지 익숙한 목소리였다. 잠시 후 흐릿하던 초점이 중심을 잡았고 비스틴 공작의 얼굴은 납빛으로 굳어졌다.

"국왕 폐하!"

서둘러 일어나 예를 차리려는 비스틴 공작의 어깨를 툭툭 쳐주며 임금이 말했다.

"예는 됐으니 그만 앉도록 하세요."

"황송하옵니다, 폐하."

깊은숨을 내쉬며 소파에 깊숙이 몸을 기댄 국왕은 날카로운 눈으로 비스틴 공작을 직시했다.

"내 성격이 원래 이리하여 서론은 빼놓고 직접적으로 이야기하도록 하겠습니다. 요즘 말입니다. 공작께서 평전을 쓴다는 이야기가 들리던데 대체 뭘 쓰시는 겁니까?"

분위기가 사뭇 무겁고 진지해졌다.

"그 누구에게도 이야기하지 않는다 하여 짐이 궁금함을 참지 못해 이 늦은 시각에 비스틴 공작을 찾게 되었소."

"황공하옵니다, 폐하."

"그놈의 황공 소리는 그만 하고 평전 이야기를 좀 해보시란 말입니다."

비스틴 공작은 난감한 얼굴로 국왕의 눈을 마주 보지 못했다.

임금의 눈이 가늘어졌다.

"무슨… 못된 글이라도 쓰십니까? 혹여 짐에 대한 이야기인지요?"

비스틴 공작은 깜짝 놀라며 크게 고개를 저었다.

"그… 그럴 리가 있겠사옵니까!"

완전히 가시방석이었다.

이리 빨리 자신을 찾아올 줄 몰랐다.

어찌할지 고민하다 결국 결정한 듯 비스틴 공작은 아랫입술을 질끈 깨물고는 이내 입을 열었다. 머리와 가슴속에서 몇 번이나 갈등이 오갔다. 그러나 한 나라의 왕에게까지 숨겨가면서 평전을 진행시킬 수는 없는 일이었다.

결심을 한 그는 쭉 가슴속에 담아두려고 했던 말을 꺼내고야 말았다.

"실은 로크라는 마법사를 주제로 한 평전을 서술 중이옵니다."

임금이 눈살을 찌푸렸다.

콰앙!

엔트 나무로 만들어진 굵직한 테이블을 손으로 쾅 내려치며 국왕이 언성을 높였다.

"분명 체계의 마법사는 더 이상 거론치 않도록 약속을 하지 않았습니까! 그런데 공작께서는 어찌하여!"

국왕은 답답한 듯 한숨을 크게 쉬며 고개를 핵 돌렸다.

비스틴 공작이 크게 잠긴 목소리로 사죄했다.

"폐하, 신을 죽여주십시오."

고개를 숙인 공작을 보며 국왕은 어두워진 얼굴로 혀를 찼다.

"도무지 그런 경솔한 행동을 한 이유를 모르겠소. 공작은 그 평전을 쓰려는 연유가 무엇이오?!"

"폐하, 이것은 하나의 역사이옵니다. 사실을 숨기고 묻어두는 것은……."

"어허! 그대가 이리도 현 시점에서 사태 파악이 안 되실 줄은 미처 몰랐습니다. 나라를 위한 길임을 잊지 말아야 할 것이거늘!"

비스틴 공작이 침통한 얼굴로 소리쳤다.

"역사의 기록은 반드시 선행되어야 하옵니다!"

"그렇게 나라를 위하는 사람이! 그토록 진실을 기록하고자 하는 사람이 이렇듯 숨어서 평전을 기록했단 말씀이십니까! 그것이 어폐가 맞다고 생각하십니까?"

불호령 같은 국왕의 외침에 비스틴 공작은 더 이상 말을 잇지 못했다. 눈을 감고 조금은 화를 가라앉힌 국왕이 다소 누그러진 목소리로 입을 열었다.

"그 평전의 진행은 그만 중지하도록 하세요."

"……."

"중지하라고 했습니다, 공작!"

연이어 무거운 침묵이 흘렀다. 그리고 터져 나오는 임금의 일갈은 비스틴 공작의 집무실이 떠나갈 정도로 커다란 외침이었다.

"나라를 위한 길이라고 했습니다!"

핏대가 선 목으로 소리친 국왕의 외침을 들었음에도 비스틴 공작은 바위처럼 꿈쩍도 하지 않았다.

"이렇게 하도록 하지요, 폐하."

국왕이 흐려진 얼굴로 물었다.

"짐이 이렇게까지 말하는데 아직도 미련이 남으셨구려."

"체계의 마도사에 관련된 모든 것을 덮도록 하며 그에 관련되는 내용을 언급할 시 그 누구라도 3대 처형을 면치 못하도록 법령을 내리시어 폐하의 개인 서고에 제 평전을 놓는 것이 어떠하겠사옵니까?"

"그것이 대체 공작에게 어떤 의미가 있다는 것이오? 어차피 그 누구도 보지 않을 글이 될 것일진대."

"존재하는 진실의 기록은 분명히 그것 그대로의 가치가 있는 것이라고 믿사옵니다."

"허허……."

국왕은 기가 질렸다는 듯 그대로 자리를 박차고 나갔다.

다음날 국왕은 공작을 이기지 못한 듯 비스틴 공작의 말대로 3대 처형의 법령을 내렸고 비스틴 공작의 평전 진행은 비밀리에 진행되도록 허락했다.

또 한편 공작은 평전에 진실만을 규명하여 기록할 수만은 없었다. 확인되지 않은 사실과 치우쳐진 사실은 위험한 결과를 초래할 수 있다는 추측에 의해 영웅과 악의 상관 관계를 모호하게 표현하여 로크라는 체계의 마도사를 평전자의 생각대로 기록되지 않도록 한 것이었다.

때문에 체계의 마도사 로크는 영웅도 아니었으며 악도 아닌 정체를 알 수 없는 풀리지 않은 인물의 역사로 기록될 수밖에 없었다.

Chapter 43
처형의 그림자

1

식은땀이 강의 물줄기처럼 유유히 등을 훑고 지나간다. 침이 바짝 마른 입에서는 단내가 흘러나오고 있었다. 아찔한 긴장감에 정신마저 혼미해졌다.

저벅 저벅 저벅!

복도를 울리는 발자국 소리에 나는 동상처럼 굳은 상태도 호흡마저 멈추었다. 제발 그가 아니기를 간절히 바랐지만 언제나 그렇듯 신은 내 기대를 묵살했다.

'이클레이드……'

정신이 새하얗게 질렸다.

동공이 크게 열리고 그가 다가오는 압박감이 나를 무섭게 짓눌렀다. 나는 모든 마나의 흐름을 억제하려고 애썼지만 인비지를 시전하고 있는 상태에서 마나를 완전히 잠재우는 것은 불가능했다.

뚜벅 뚜벅 뚜벅……!

'대… 대체 뭐야, 저 표정은?'

그는 아무것도 느끼지 못한 것처럼 편안한 얼굴로 걸어오고 있었다. 나라는 존재는 하나의 사물인 것처럼 전혀 신경 쓰지 않고 있었다.

어쩌면 나갈 수 있을지도 모른다는 생각이 들었다.

심장이 폭발할 것처럼 쿵쾅거렸다.

그가 내 옆을 지나는 순간 그가 우뚝 멈추어 섰다.

그리고 그의 표정이 묘하게 일그러졌다.

일순 공기가 얼어붙는 기분을 느꼈다.

그가 말했다.

"시답잖은 짓을 하는구나, 제자야. 나를 아주 눈뜬 봉사로 알고 있는 모양인데. 만약 정말로 그렇게 생각했다면 지금까지도 넌 나에 대해서 절반도 채 모르는 게야!"

허억—

아찔함이 엄습했다.

다리에 힘이 풀릴 지경이었지만 이대로 힘없이 포기할 순

없었다. 나는 몸에 헤이스트를 불어넣으며 재빨리 그와 거리를 두었다.

"흥! 쓸모없는 짓."

이클레이드가 손을 휘저었다.

쿠우우우―!

광풍이 몰아치더니 인비지가 순식간에 해제되었다.

피잉―

무효화와 공격성 마법을 동시에 시전한 것이다.

완전한 하이클래스!

격차가 너무 심했다.

현실적인 갭이 무서운 높이의 벽인 것을 실제적으로 알게 되었을 때 찾아오는 절망감은 생각보다 꽤 덤덤했다. 그의 실력에 대해서는 이미 인정하고 있었기 때문인지도 모른다. 하지만… 정말로 끔찍한 격차였다.

나를 가르쳤다는 것은 확실히 뚜렷한 차이를 가르쳐 주고 있었다. 스승과 제자의 실력 차는 당연히 차이가 있을 수밖에 없다.

스승을 뛰어넘는 것은 어쩌면 아직은 이르다는 것을 깨달은 순간부터 어느새 나는 이미 패배를 실감하고 있는지도 모른다.

증오와 억울함이 아주 깊은 곳에서부터 치솟아올랐다.

"젠장!"

다른 말은 나오지 않았다.

분노의 음성만 이빨 사이로 새어 나올 뿐이다.

나는 주먹을 꽉 쥐며 차오르는 분노를 마나의 힘으로 변환시켜 나갔다. 내가 느낄 수 있는 한계치의 마력을 순식간에 불러 모았다.

몸이 기억하는 마나의 양이 과연 눈앞의 괴물을 상대할 수 있을지 몰라 불안했다. 그를 쓰러뜨리기보다 빠져나갈 수 있는 방법을 모색해야 했다.

섣불리 텔레포트를 시전했다간 그가 좌표를 역으로 뒤바꾸는 마법을 시행한다면 나는 공간 속에 갇혀 버릴 수밖에 없었다. 그렇기에 반드시 틈을 만들어야 했다.

"그라이언트!"

온몸에서 푸른 기운이 쏟아져 나왔다.

자체적으로 생기는 마나가 하나의 열기처럼 불꽃이 되어 피어올랐다.

그것을 보고 노인은 기쁜 듯이 웃었다.

"크허허, 제법이구나. 벌써 그라이언트라? 그동안 널 가르쳤던 것이 자랑스러워지는구나!"

그라이언트는 자신이 가진 마법체계의 모든 마력을 끌어올렸을 때 적은 확률로 발생하는 신체적 특징이었다. 그의 반응을 보면서 나는 하나의 가능성을 발견해 냈다.

그는 여유롭다.

그것은 그가 전혀 나를 두려워하지 않는다는 것이기도 했지만 방심하고 있다는 의미이기도 했다.

방심은 화를 부르기 마련!

'네놈의 뒤통수에 마나의 칼날을 꽂아주마.'

나는 재빨리 놈의 허를 찌를 수 있는 계산을 시작했다.

그런데 이런 순간 속에서도 그는 여유롭다는 걸 증명이라도 하려는 듯이 나를 조롱했다.

"어서 도망치지 않고 뭘 하는고?"

"시끄러, 이 빌어먹을 영감탱이야."

그가 이마를 확 찡그렸다.

"스승에게 영감탱이라니… 말버릇이 고약하구나."

노인네의 눈이 반달처럼 변했다.

그 능글맞은 웃음에 속에서 묵직한 무언가가 꿈틀거렸다.

"네놈이 스승이라 불릴 자격이 있다고 생각해?"

"물론."

"당신은 짐승만도 못한 악인이다. 네놈의 실험에 쓰여진 불쌍한 사람들을 기억하며 죄를 씻지는 못할망정!"

"허허, 스승에게 무슨 말을 그리 험히 하느냐. 옛정을 생각해 곱게 보내주려 했는데 추잡한 언어를 입다니. 그 더러운 옷을… 내가 손수 벗겨주도록 하지."

"제자란 소릴 입에 담지 마라. 당신은 내 삶의 가장 큰 오점이자 치욕이 될 것이다."

"다 죽으면 썩어 문드러질 몸. 네놈은 그 상태로 죽음에 직면하게 될 것이야."

"누구나 죽음은 혼자 맞이한다. 하지만 당신만큼은 내 손으로 이 땅에 묻어두고 가야겠어."

쿠구궁!

왕성 전체가 흔들렸다.

마력을 일으키자 지각변동이 일어난 것이다.

"네놈의 머리는 장식인가 보구나. 나라면 차라리 도망치는 길을 선택했을 텐데 말이야. 곧 왕성의 부하들이 올 텐데 그들을 감히 네깟 놈이 감당할 수 있을까?"

"무덤이 왕궁이라면 내 운명의 마지막치곤 꽤 고상한 장식이겠지."

"호오!"

이클레이드의 수염이 만족의 극에 달한 것처럼 징그럽게 푸들푸들 떨렸다.

그는 기묘한 눈빛으로 물었다.

"꼭 네놈의 삶을 저주하는 것 같은데. 그건 꼭 나뿐만이 아닐 것이야. 그걸 명심하거라."

"……."

내가 붉어진 눈빛으로 그를 노려보았을 때 그가 다시 말했다.

"태어나지 않는 게 더 좋았을지도."

나는 터져 버릴 것 같은 감정을 꾹꾹 눌렀다.

"입 닥쳐."

"내가 널 데려온 것을 후회하는가? 난 너에게 많은 기회를 주었다. 내가 마법을 가르쳐 주지 않았다면 넌 훨씬 비참한 생활을 영위했어야 했어. 고마워하지는 못할망정 이렇게 서슬 퍼런 칼을 겨누고 있는 네놈 때문에 내 가슴이 다 아파오지 않느냐."

가슴이 시려왔다.

나는 눈을 지그시 감고 담담한 목소리로 말했다.

"후회하지도 후회하지 않지도 않아."

이클레이드는 여전히 웃는 얼굴이었다.

분노가 가슴속에서 이글이글 타올랐다.

짓이기고 싶었다.

저 더러운 면상을 으깨어 버리고 싶었다.

그가 어깨를 으쓱거린다.

"후회하지도 후회하지 않지도 않는다라. 뭔가 오묘하군. 대체 그건 무슨 의미지?"

"네놈에 관한 건 아무것도 느끼지도, 아무것도 생각지도 않기로 했으니까. 넌 이미 인간이 아니야. 괴물이다."

그는 감탄했다.

"그거 꽤 멋진 말이야. 정말로 그 이야기는 흡사 내가 인간을 초월한 초인이라는 소리이지 않은가? 크하하하!"

그는 잔뜩 웃은 후에 숨을 깊게 들이마시더니 이내 내쉬고 아주 편안한 미소를 지었다.

"악인으로서 자부심이 생겨."

"입을 도려내도 그 입만큼은 살아 움직이겠어."

그는 눈살을 찌푸렸다.

"어찌 그런 징그러운 말을."

"근엄하던 모습은 모두 거짓이었군."

"인간은 누구나 두 개의 얼굴을 가지고 있다. 흔히 우리는 그걸 야누스라고 하지."

"너 같은 쓰레기를 그런 전설에 비유하는 건 조금 실례일 것 같은데."

이클레이드의 입은 웃었지만 눈은 순간 살기로 번들거렸다.

나는 검을 꽉 쥐었다.

"그만 끝을 내자. 난 내 신념을 지키기 위해 당신의 목을 베어내겠다."

"크하하하하하하!"

그의 웃음에 예술품으로 걸려져 있던 그림들이 모두 떨어져 내렸다. 멀쩡한 조각상들은 산산조각나며 사방으로 뿌려졌다.

단순한 웃음이 마나의 파장을 만들어 힘을 일으키는 것이다. 몸에 완전히 베여져 있다.

마나라는 것이…….

"신분이라는 것도 존재하지 않는 단순한 평민 쓰레기가 신념? 크하하하하하! 웃기지도 않는구나. 크히히!"

"인간의 신분은 인간이 만든 것이다. 나 같은 마법사에게는 적용되지 않아!"

그는 눈을 크게 뜨며 나를 조롱했다.

"크크큭. 그렇긴 하지. 하나… 네놈의 피는 왠지 더러운 구정물처럼 느껴지는데?"

나는 어느새 쉬어버린 목소리로 씹어 내뱉듯이 말했다.

"네놈의 눈이 썩어버린 탓이다."

그는 수긍했다.

고개를 끄덕이며 손뼉을 탁 쳤다.

"자… 그럼 이제 장난은 이쯤 하고 그만 끝을 내야지. 이거 말이 많았어. 제자와의 마지막 대화는 이걸로 끝."

느낄 수 있었다.

멀리서 막대한 힘을 가진 자들이 가까워져 오고 있음을.

이클레이드 하나만 해도 감당할 수 없는 무게였다. 그런데 왕성의 존재들이 나타난다면 나는 꼼짝없이 잡혀 버리는 수밖에 없다.

어떻게 해야 할까.

두뇌 회전이 고속으로 진행되지만 결과는 나오지 않았다. 게다가 당혹감이 내 뇌를 토막 내는 것처럼 느껴졌다.

"우리 로크 군이 시간이 흐를수록 피가 바짝바짝 타 들어가는구나. 똥줄이 타 들어가기 전에 이 몸을 무너뜨려야지 않겠느냐."

"가식적이고 더러운 악마의 아들! 신의 천벌을 받으리라!"

콰아아앙!

'맙소사!'

분명 작은 손짓도 마법적 언어도 심지어 눈빛조차 흔들리지 않았는데 뭐야 이건?

가슴이 뜨겁다고 느낀 순간 내 몸은 붕 떠버렸다. 하늘에 떠 있는 그 기분 나쁜 감각을 느끼는 순간 차가운 무언가가 목을 향해 날아오는 것을 감지해 냈다.

쉴드 생성.

처어어엉!

귀가 시려오는 차가운 소리를 들었다.

바닥에 불안정한 자세로 착지했을 때 내 바로 뒤에 이클레이드의 그림자를 볼 수 있었다. 몸을 일으키는 순간 그의 손이 내 목을 향해 날아왔다. 그의 손에는 초록색 기류가 휘감겨 있었다. 아마도 독성이 가득할 것으로 예상했고 나는 자체적인 마나를 최대한 몸에 둘렀다.

마나의 성질은 독을 분해하는 성질이 강하기 때문이다.

콰득!

하지만 공격을 허용한다는 건 굉장히 위험한 것이었다.

그가 내 목을 움켜쥐는 순간 나는 시야를 잃었다.

파지지직!

푸른 전류가 내 목을 타고 온몸을 휘감았다.

끔찍하도록 찌릿찌릿한 통증이 정신을 지배하는 것만 같았다.

정신력을 강화하는 마법을 쓰고 싶지만 마법 불능 상태.

괴로움에 몸서리친다.

"크어억!"

눈앞이 보이지 않았다.

목에서 부글부글 무언가가 끓어올랐는데 마치 독주를 마신 것처럼 화끈하고 뜨거운 것을 목에서 느꼈다.

나는 희미한 정신력을 가까스로 붙잡으면서 마법을 구현했다.

"본체 피닉스."

마법을 시동하자마자 내 온몸이 화염으로 뒤덮였다. 뜨거움을 느낀 것인지 이클레이드는 얼굴을 확 찡그리며 손을 거두었다.

"흥!"

나는 눈을 번뜩 뜨며 오른팔에 마나를 집중했다.

성스러운 황금빛 기운이 일렁였다.

"적어도 당신은 신의 얼굴을 보았으면 좋겠군!"

피이잉!

날카로운 소리가 났다.

격하게 떨리는 중압감이 온몸을 조이는 감각이었다.

폭발할 것처럼 쿵쾅거리는 심장.

나는 소리쳤다.

"크레포스!"

마나가 황금빛 물결처럼 꿈틀거렸다.

콰아아앙!

천장이 무너지고 벽이 깨어졌다.

나는 온몸에 방어 마법을 걸어놓은 뒤 그가 잠깐 흙먼지 사이로 보이지 않는 동안 탈출구를 찾았다. 그러나 어느새 도착한 왕성을 보호하는 기사대가 내 뒤를 가득 메우고 있었다.

"죄인 주제에 감히 신성한 왕성을 더럽히다니! 당장 체포

하라!"

"고작 그 정도 저력으로 나를 감히!"

나는 내가 끌어올릴 수 있는 최대치의 마력을 준비했다.

콰아앙!

바닥이 쩌저적 갈라졌다.

갈라진 표면에서 금색 빛이 찬란하게 하늘 위로 치솟아올랐다. 나는 그 장면을 하나의 환상처럼 바라보다가 눈을 감았다.

"일루선 대정령의 금빛 날개."

갈라진 바닥에서 빛나던 색깔들은 하나의 형체가 되었다.

"저런 마… 말도 안 되는!"

그 크기와 위용은 한 발자국도 움직일 수 없게 할 정도의 위압감을 가지고 있었다. 그 뿜어져 나오는 장렬한 기세에 기사들은 잠깐 주춤했지만 이내 모두 검을 뽑고 용맹한 함성을 터뜨렸다.

"드디어 악을 처단할 기회가 왔다! 나의 전우이자 기사들이여, 신의 이름으로 검을 들어라!"

찌릿찌릿한 그들의 말은 나를 완전한 악인으로 몰아가고 있었다. 나는 영웅이 되고자 한 사람이었는데 결국은 악에 가까운 죄인이 되고 말았다.

허망함이 물밀듯이 밀려왔다.

"삶이란 이토록 나를 속이려 하는구나."

마음속 공허함 때문일까, 긴장감이 완전히 사라졌다.

두려움에 있어서는 완전한 해방감을 느껴 버린 것이다. 인간의 공격력이 말도 안 될 정도로 치솟을 때가 있는데 그런 미스터리한 힘이 일어나는 순간들 중 하나는 지금 같은 때와 비슷하다.

모든 것을 망각하고 공격에 필요한 움직임을 시행할 때.

불쑥 지금처럼 모든 걸 잊고 살고 싶다는 생각이 들었다.

이젠 외로움이 완전히 내 것이 되어버렸다.

혼자가 좋았다.

간섭이 싫었다.

노력해도 나를 인정하지 않는 운명이라면…

나 혼자로서 이 세상을 지배할 수 있는 길을 선택하겠다.

바로 이 체계의 마법사로서…….

쿠우우우우!

뜨거운 화염의 열기를 뚫고 달려온다.

마력을 개방.

기사들의 발밑에 거대한 원이 그려졌다.

"사이오닉 스톰!"

거대한 전류가 그들을 집어삼켰다.

"으아악!"

기사들의 처참한 비명이 울려 퍼졌다.

나는 마력을 완전히 컨트롤하고 있는 상태에서 재빨리 주위를 살펴보았다. 이클레이드가 보이지 않았다.

어디로 가버린 건가? 아니면 숨어서 나를 지켜보고 있나?

이유를 알 수 없어서 그것은 더욱더 큰 불안감을 조성했다.

'하지만 뭐 없다면 내겐 잘된 일인지도 몰라. 조금 껄끄럽긴 해도.'

걷는 동안 바닥에서는 금색 기류가 퍼져 나갔다.

나도 모르는 새에 나는 꽤 상당한 체계에 도달해 있었던 것 같다.

모든 것을 잊고 그저 체계마법을 내 몸의 일부인 수족처럼 사용하니 그 파괴력은 실로 말할 수 없었다.

절대적 강함까진 아니었지만 적어도 스승만큼의 실력만 아니라면 그 누구에게도 패배하지 않을 자신감이 가득 차 있을 정도였다.

지금의 전투력은 어느 때보다 월등하다고 자신할 수 있었다.

마력의 사용 능력이 대폭 강화된 느낌이다.

"이 악의 마도사! 네놈의 목을 반드시 쳐버려 실추된 동료들의 명예를 되찾겠다!"

나는 키득키득 웃었다.

명예라는 말이 우스웠다.

힘 앞에서는 모두 부질없는 것.

모든 것은 힘 아래 지배하나니.

나는 손을 휘저었다.

검은 기류가 그를 잡아먹을 때 끔찍한 장면이 눈앞에서 벌어졌다. 검은 무언가는 마치 잔인한 독충처럼 기사의 몸을 갉아 먹었다.

고통에 가득 찬 그 표정은 내 가슴을 쓰리게 했다.

나라를 위한 기사들의 몸이 나, 체계의 마법사, 아니, 체계의 마도사에게 의해 죽어가는 것이 아닌가. 그것도 저렇듯 고통스러운 채로…….

나는 내 스스로의 존재성을 점점 안 좋은 쪽으로 자각해 나가고 있었다.

그때였다.

후두두둑!

약 20개의 망토를 걸친 사내들이 앞뒤로 떨어져 내렸다.

스르릉!

한 치도 틀리지 않은 자세로 모두 복사된 것처럼 검을 뽑았는데 자세와 기세가 전의 기사들과는 상당히 달랐다.

묘한 긴장감이 다시 모닥불처럼 자그맣게 피어오른다.

특별히 훈련된 자들 같은데 관등성명을 밝히지 않았을뿐

더러 로브로 온몸을 가리고 있었기에 신비감마저 드는 존재들이었다.

"네놈들 정체는 뭐냐?"

"국왕 폐하의 명으로 그대를 이 자리에서 사살하겠다."

나는 씁쓸하게 웃었다.

"왜 아니겠어. 나에겐 듣던 중 고마운 소리군. 적어도 더러운 단두대로 끌려가진 않게 되었으니. 이런 죽음도 나쁘진 않겠지. 하지만 네놈들은 날 죽일 만한 능력이 안 된다는 걸 자각해라."

조금은 짙은 회색의 로브를 걸친 사내가 고개를 까딱거리자 일제히 그들의 검이 나에게로 향하며 본격적으로 쇄도해 들어오기 시작했다.

손을 하늘 위로 번쩍 들자 굉음이 터졌다.

콰광쾅쾅!

땅이 완전히 부서졌다.

그들이 아래로 추락할 때 나는 곧장 텔레포트를 시전했다.

나의 몸은 빛이 되어 흐릿해지더니 이내 그 공간에서 완전히 사라졌다. 마지막으로 한 녀석의 낭패 어린 낯짝을 보는 건 내게 꽤 신선한 쾌락을 선사했다.

잠시 후 서서히 눈이 무거워지기 시작했고 아주 오랜만에 나는 정신을 잃었다.

순간 이대로 죽는다고 해도 그리 아쉽진 않을 듯했다.

몸이 아주 편안했는데 이대로 영원한 잠에 빠져들 수 있다면 그건 생각보다 별로 나쁘지 않겠다는 생각조차 들었다.

무서울 정도로 아주 뼈저리게 현실적인 무기력이었다.

2

완전한 어둠.

그 어둠 속에서 암흑의 기류가 새로운 어둠이 되어 본래에 존재했던 어둠을 덮는다. 줄기줄기 뻗어져 오는 그 검은 기류가 어느새 가까이 다가와 내 팔과 다리를 묶었다.

그 느낌이 너무도 생생했다.

끔찍한 감촉이었다.

몸서리치듯 저항하다가 발자국 소리를 들었다.

어둠 속에서 들려오는 그 발자국 소리는 온몸에 닭살이 뒤덮일 정도로 소름이 끼쳤다.

꺼림칙한 느낌이 등을 쭈욱 훑었다.

나는 고개를 뒤로 돌렸다.

이클레이드가 능글맞게 웃는 낯짝이 보였다.

"뭐… 뭐야 이거."

"암흑존."

"암흑… 존?"

이클레이드는 뒷짐 진 채로 천천히 내게로 걸어왔다. 나는 정체를 알 수 없는 검은 줄기에 팔과 다리가 묶여 있는 상태라 뒷걸음조차 칠 수 없는 상황이었다.

"너무 두려워 말거라. 마법사들은 쉽게 미치지 않는다. 단지 타락할 뿐이지."

나는 코웃음 쳤다.

"두렵지 않아. 네놈에게 주게 될 심장이 아까운 것뿐이다!"

"인간이란 의외로 마음도 몸도 약한 법이야. 자신이 강한 정신력을 가지고 있다고 마음먹지만 본능적인 반응은 너를 작아지게 만들 테니."

"늙으면 말이 많아진다더니 늙긴 늙었나 보군."

"내게는 많은 추억이 있었다. 많은 시간을 영위했던 만큼 좋은 추억과 괴로운 추억이 켜켜이 이 머릿속에 쌓여 있지."

"그래. 아주 오래도 살았구나, 이 늙은 돼지야."

그가 입술을 씰룩거렸다.

"크하하하하!"

고막이 아플 정도의 광소가 터져 나왔다.

그리고 그의 몸이 흐릿해지더니 완전히 어둠 속에 동화되어 버렸다. 정신계에서는 좀 더 높은 마법적 위치에 존재하는 이가 모든 것을 조종할 수 있다.

때문에 보이지 않기에 방어도 공격도 할 수 없다.

심리적 정신에 마법을 걸어 그 정신 속에서 공격하는 것이 바로 암흑존이었다. 하지만 완전히 기회가 없는 것은 아니었다.

내 정신 속에서 그를 파멸시키는 것도 충분히 가능하다. 하지만 그 방법을 찾는 것이 굉장히 어려울 것이 틀림없었다.

나는 라이트와 아이 인텍트를 시전해 그를 보려 했다. 그러나 역시 정신 속에선 그런 식의 백마법은 통하지 않았다. 어떻게 그의 위치를 파악해야 할지 고민하는 순간 아랫배가 따뜻해지는 것을 느꼈다.

고개를 숙여 배를 내려다보자 붉은 빛이 번져 가고 있었다.

"……?!"

콰아아앙!

상체가 완전히 타버렸다.

타오르는 화염을 억제하는 마법을 유동시켰지만 온몸이 뜨거운 고통은 생각보다 끔찍했다. 치유 마법을 동시에 시전했었기에 큰 화상은 막을 수 있었다. 그러나 어릴 적 실험적으로 먹었던 빵이 아니었다면 나는 이 끔찍한 불구덩이를 뒤집어쓰고 절대 살아남을 수 없었을 것이다.

마법사는 공격을 허용한 이상 절반은 패배한 것이나 다름

없다. 하지만 이클레이드는 꽤 강한 체계사를 키워 버린 모양
이다.

몸이 붉어진 것 말고는 거의 화상이랄 것도 없었다.

"크큭. 실력이 올라갈수록 네놈이 먹었던 빵의 레이스넌
물질이 천천히 영혼과 합류되면서 서서히 육체를 강화시키
지. 하지만 네놈은 결국 나를 이길 수 없어. 그러니 귀찮게 굴
지 말고 체념하는 게 어때? 서로 힘을 뺄 이유는 없지 않느
냐."

나는 가운데 손가락을 들었다.

그는 유쾌한 웃음을 지으며 허리춤에 걸고 있던 지팡이를
손에 들었다. 그가 짧게 마법어를 중얼거리자 바닥에서 몬스
터들이 스멀스멀 올라왔다.

처음 보는 흉악한 몬스터였다.

사나운 이빨에 구부정한 그들은 피부 조직이 일반적이지
않았다. 그러니까 거의 썩은 상태였고 몸에서는 신기하게도
불꽃이 날린다. 마치 살아 있는 폭발물 같았다.

약 50여 마리가 농시에 생성되어 내 수위를 눌러쌌다.

"이런 장난으로 시간 끌 이유가 없을 텐데? 무슨 속셈이
야?"

"모든 일에는 시기라는 것이 있지. 그것을 모르고 즉흥적
인 행동은 멍청한 저능아들이나 하는 짓. 네놈의 발버둥을 편

안하게 즐기도록 하마."

"당신은 악마의 자식이라 그런지 목소리조차 저질스러워."

"흥! 날 자극할 속셈이라면 일찌감치 포기하거라."

"네놈은 늘 혼자군. 언제나……."

그의 얼굴에 그림자가 드리웠다.

"그 전염병이 내게 옮은 것 같아 괴롭기 그지없다. 그걸 불쌍히 여겨 내가 너의 죽음에 동반자가 되어주마."

이번 말은 꽤 효과가 있는 듯 그는 이빨을 꽉 물고 있었다. 턱에 진 주름을 보며 나는 왠지 모를 희열을 느꼈다.

확실히 그도 인간이었다.

감정이 있는 인간.

그것은 심장이 있다는 것이 곧 죽는 것도 가능하다는 의미였다.

"나에겐 베놈과 에아르웬이 있다. 네놈은 죽을 때까지 혼자일 거야. 아무도 없는 세상에서 당신이란 존재는 대체 무슨 의미지?"

그의 눈동자가 흔들렸다.

격하게 흔들리는 그의 감정선을 예상하며 나는 계속해서 독설을 쏟아냈다.

"적어도 나라면 심장이 아닌 진짜 제자를 만들었을 거야.

죽음을 받아들이지 못하는 당신은 실제론 그 누구보다 세상에서 가장 약한 마음을 가지고 있다. 죽음을 받아들일 용기가 없는 거지. 그리고 죽음을 받아들일 만큼 만족한 삶을 살지 못했던 거야."

그의 눈이 차갑게 가라앉았다.

"네놈도 베놈과 에아르웬을 완전히 신용하지 않고 있는 주제에 누굴 가르치려는 것이냐?"

"무슨 소리냐? 나는!"

"네놈은 항상 변명만을 입에 두르고 있지. 항상 힘겹고 괴롭다고 생각하며 스스로 좌절해 버려."

"인간이라면 당연한 것이다. 당신처럼 심장 없이 살아온 사람이 아니야!"

"아니. 네놈보다 훨씬 마음이 강한 자들은 얼마든지 있어. 너는 네 스스로를 이길 수 없다. 그것이 나를 이길 수 없는 가장 큰 이유."

"지금 와서 얼마나 더 시답잖은 가르침을 베풀 생각인가?"

"세자를 위한 마지막 충고 정도로 해두지."

"하! 누가 누구에게 충고를. 기가 막히는군. 길고 짧은 것은 대보지 않으면 모른다."

그는 알 수 없는 미소를 입가에 띠었다.

"절대적인 차이로 너에게 절망을 죽음과 함께 마지막으로 느끼도록 해주마."

　그가 지팡이로 지시를 내렸다.

　몬스터들의 눈빛이 시뻘겋게 변했다.

　광기에 사로잡히는 상태,

　버서커였다.

　만물을 지휘하는 바람의 흐름이여, 악의 영령을 파괴하라.

　시원한 푸른색의 바람이 불어왔다.

　어둠을 가르며 날아오는 바람은 몬스터들의 몸을 관통했다. 금색 가루를 떨어뜨리며 박살나는 모습은 꽤 화려했다. 붉은 덩어리들이 바닥에 떨어지는 것을 감상하면서 나는 이클레이드를 어떤 식으로 상대해야 할지 계산했다.

　도무지 말도 안 되는 상대라 어디서부터 어떻게 계산을 해야 할지 알 수 없었다.

　콰아앙!

　헬파이어의 시전으로 어둠의 땅이 쩌저적 갈라졌을 때 대부분의 몬스터는 시체가 되어가는 중이었다. 나머지 몬스터들을 빛의 검으로 베어냈을 때 이클레이드의 음산한 기운이 뒤쪽에서 느껴지는 것 같았다. 그리고 화끈한 통증이 등에서 느껴졌다.

"크아악!"

살을 가르고 차가운 금속이 뼈를 아슬아슬하게 스쳐 간다. 검이 훑고 지나간 자리에는 긴 검상 아래로 뜨거운 피가 흘러 내렸다.

'아아……'

현기증이 일었다.

비틀비틀 걸어가다가 한쪽 무릎을 꿇었다.

"약하다는 건 정말이지 괴로운 일이야, 이클레이드."

퍼어억!

스트렝스가 걸린 지팡이가 옆구리를 때렸다.

갈비뼈가 단숨에 부서지고 내장에 무리가 오는 듯했다. 빵을 먹은 덕택에 상당히 보완된 육체를 가졌다고 생각했는데……

"빌어먹을! 크윽!"

입에서 붉은 피가 터져 나왔다.

켁켁거리는 기침을 토해내면서 나는 억지로 힐을 시전했다. 그리고 최대한 힘을 내 일어나 마력을 끌어올렸다.

내 오른팔에서 흰색 오러가 수증기처럼 나타났다.

어둠 속 몸을 숨긴 상태라고는 해도 분명히 존재하고 있는 상태임이 틀림없다. 아무리 정신계라도 정신계 영혼은 존재하기 때문이다. 위치를 알 수 없으며 밝힐 수 있는 마법도 없다면 방법은 하나였다.

"발키리 자벨린!"

내 팔에 감겨 있던 기류는 서서히 하나의 빛으로 뭉쳐졌다. 창처럼 길게 늘어난 그것은 점점 완벽한 형체를 이루기 시작했다.

"받아라!"

순수한 에너지력을 가진 무형의 마법창이었다.

키이이잉!

초고속의 속도로 날아가는 발키리 자벨린은 100%의 명중률을 갖춘 유도 마법이다. 이것은 정령계의 마법으로 굉장한 마나를 필요로 하는 것이라 온몸이 순간 축 무거워질 정도로 큰 영향을 가지고 있다. 그만큼 파괴력은 강대하다.

파지지직!

명중했을까?

창이 허공에 박히더니(?) 빛이 깨져 갔다.

"제법이구나."

어둠이 순식간에 걷혔다.

한쪽 팔로 쉴드를 만들어 발키리 자벨린을 막아낸 그의 팔에선 완전한 충격 보호를 하진 못했는지 핏물이 떨어지고 있었다. 소매를 적신 핏물을 보며 나는 웃었다.

"당신도 늙은 모양이야."

"고작 이 정도 타격을 줬다고 나를 얕보는 건 우스운 일이지 않느냐?"

"방심이란 이토록 위험한 법이지."

"뭣……?"

파아앗!

푸른 빛이 바닥에서 올라왔다.

마법진의 빛이 올라와 이클레이드의 몸에 흡수되어 들어갔다.

"젠장!"

그의 몸이 서서히 굳어가더니 이내 완전히 푸른색의 석상처럼 변해 버렸다. 그의 눈썹이 사납게 꿈틀거렸다.

"대체!"

뚜벅뚜벅.

이클레이드의 눈알이 발자국 소리가 나는 곳으로 돌아갔다.

"장 얀느!"

무표정한 얼굴로 걸어와 이클레이드를 지나친 그는 내게 고개를 숙였다.

"네놈이 나를 배신해!"

나는 상당히 지친 얼굴로 눈을 비볐다.

"내가 텔레포트한 곳은 장 얀느가 17개의 마법진을 설치해 놓은 곳이었지. 가까스로 걸치고 있었어. 만약 한 발자국이라도 더 움직였다면 꽤 피곤해질 뻔했다. 당신이 눈치 챌 뻔했거든."

푸우우욱!

어느새 장 얀느가 빼내준 베놈이 나타나 이클레이드의 등에 검을 꽂아 넣었다.

"크아아악!"

입에서 피를 흩뿌리며 그의 몸이 기우뚱거렸다. 앞가슴이 피로 물든 모습을 보며 나는 쿵쾅거리는 심장을 진정시키기가 쉽지 않았다.

"장 얀느! 도대체 어째서!"

이클레이드는 고통스러운 얼굴로 울부짖었다.

"악인이 되고 싶은 생각은 추호도 없었습니다."

"네 이놈! 은혜를 이런 식으로 갚느냐! 내 너에게 얼마나 화려한 미래를 약속해 주었는데 나를 이리 배반해!"

으르렁거리는 이클레이드의 음성엔 원성이 가득했다. 하나 그뿐. 그는 마치 이빨 빠진 호랑이 같았다.

내가 감옥에서 막 탈출하고 이클레이드를 만났을 무렵 무슨 수인진 모르나 장 얀느가 내게 텔레파시를 전해왔다. 그것은 이클레이드를 제거할 수 있다는 묘수였다.

마법진을 준비해 놓겠으니 싸움을 가볍게 건 후 텔레포트

좌표를 자신이 준비해 놓은 곳으로 오라는 것이었다. 이클레이드가 제대로 된 미끼를 문 셈이었다.

장 얀느를 믿을지 말지 많은 고민을 했어야 했지만 시간이 없었다. 하지만 그의 음성에서 나는 진심을 읽었다. 겜블러의 정신으로 나는 목숨을 건 도박으로 장 얀느를 믿었다.

그리고 계획은 놀라울 정도로 손쉽게 성공했다.

그런데 의외로 감당할 수 없는 출혈임에도 전혀 당황하지 않고 있었다. 마법진으로 인해 힐조차 시전할 수 없는 상태였다.

도대체 무엇이 그를 자신있게 하는 것인지 알 수 없어 묘한 불안감이 엄습했다.

"크흐흐. 고작 이런 짓으로 내가 죽을 것 같으냐? 이 어린 놈들이 어딜 감히!"

퍼어억!

베놈의 검이 다시 한 번 등을 찔렀다.

"크어억!"

뚫고 나온 검을 바라보는 이클레이느는 몸을 부들부들 떨다가 웃음을 띠었다. 얼굴에 주르륵 흐르고 있는 저 땀을 봐서는 그의 고통을 짐작할 수 있다.

실로 어마어마한 통증일 것이다.

그런데 웃다니? 그것도 이런 절망적인 상황 속에서.

'허세일까?

아니, 저 노인네라면… 어쩌면…….

"베놈, 어서 목을 베어!"

나는 불안감을 떨치듯 다급히 소리쳤다.

"예!"

베놈이 검을 들어 올리고 휘두르기 직전 이클레이드의 몸에서 엄청난 빛이 쏟아져 나왔다. 베놈은 눈을 가리며 주춤주춤 물러났다. 너무 눈부신 빛이었다. 그리고 잠시 후 이클레이드는 눈을 뒤집으며 바닥에 쓰러졌다.

"……?!"

장 얀느가 달려가서 심장 박동을 확인했다.

"…죽었습니다."

"하지만 뭔가 이상해."

베놈도 수긍한다는 듯 고개를 끄덕였다.

의문이 가득한 자살이다.

절대 자살할 위인이 아니다.

그는 어떻게든 살아남기 위해 꿈틀거리는 바퀴벌레 같은 인간이다. 어리둥절할 상황에 어찌할지를 몰라 헤매던 차 왕성의 병사들이 달려오는 소리를 들었다.

이곳은 왕성의 북문 입구에 가까운 복도였다.

"우선은 밖으로 몸을 피하시는 게!"

다급해하는 장 얀느를 보며 나는 욕설을 내뱉었다.

"젠장!"

여기서 더 미적거리고 있다간 정말로 위험해질 수 있었다. 분명 지금 내가 느끼고 생각하는 것보다 훨씬 왕성은 위험한 곳이다.

왕성의 속셈조차도 알 수가 없군.

복도를 막 돈 그들의 모습이 어렴풋이 보였다.

더 이상 시간 끌 것이 없었다.

나는 서둘러 마법을 실현했다.

"메스 텔레포트!"

룬 어가 입에 흘러나오는 즉시 나와 연결된 인원이 모두 빛으로 휩싸였다. 그리고 우리는 곧장 계산된 좌표로 이동하기 시작했다.

3

나무가 울창한 깊은 산속이었다.

급하게 좌표를 계산해서인지 엉뚱한 곳에 떨어진 것이다. 하지만 이 정도면 다행이었다. 바다 한중간이었다면 꽤 곤욕을 치렀을지도 몰랐으니까.

베놈이 몸에 먼지를 툭툭 털며 일어났다.

녀석 얼굴이 워낙 못생기긴 했어도 저렇게 그늘져 있는 상태는 아니었는데…….

그새 폭삭 늙은 얼굴이다.

"고생했느냐?"

베놈은 고개를 저었다.

"아닙니다."

나는 고개를 갸웃거리며 웃었다.

"꽤 의젓한 느낌이 드네."

베놈은 쓰게 웃었다.

"그렇습니까."

나는 주위를 두리번거렸다.

"그런데… 그러고 보니……."

나는 베놈에게 물었다.

"에아르웬과 반은?"

베놈은 대답하지 않고 머뭇거렸다.

"대답해라, 베놈."

"왕궁에… 남아 있습니다."

말끝을 흐리는 그 말에 불안감이 엄습했다.

"신상에 문제가 있다거나 그런 건 아니겠지?"

"예. 하지만…….'

"다녀오겠다. 너희들은 먼저 산을 내려가 있어."

장 얀느가 내 앞을 가로막았다.

그의 눈빛의 의미를 알 수 있다.

나도 무모하다는 것 정도는 안다. 하지만 동료를 내팽개칠 수 없어. 그들을 잃어버리는 건 이제 상상도 할 수 없게 되어 버렸다.

그들은 내 피와 살인 가족이었다.

"동료를 버릴 수는 없잖아."

장 얀느는 양 주먹을 꽉 말아 쥐고 있었다.

무언의 결심이 보이는 듯했다.

"그럼… 저도 데려가 주십시오."

나는 엷게 웃었다.

"내가 너까지 보호해 줄 만한 능력은 아직 없어. 오히려 더 위험해진다. 그게 나를 돕는 길이야."

장 얀느는 현실적인 벽을 느끼는 듯 괴로운 얼굴이었다.

고개를 아래로 떨어뜨린 장 얀느의 모습에 나는 왠지 가슴이 붕글해져 왔다.

"힘이 되어드리지 못해서 죄송합니다."

"넌 큰일을 해냈다. 가장 큰 산을 치워 버렸잖아. 그 정도면 네가 할 수 있는 것 그 이상을 해낸 거야. 고맙게 생각하고 있다, 장 얀느."

그가 무릎을 꿇었다.

"저를 믿어주신 것. 정말 감사드립니다."

"솔직히 말해서 너를 완전히 믿진 않았다. 앞으로 나의 모자란 불신을 완벽하게 믿음으로 채워줬으면 한다. 그러니 적어도 그때까지는 나를 배신하든 따라주든 함께하라."

"예!"

베놈이 투덜거렸다.

"지금쯤이면 벌써 추격대를 파견했을 거야. 서둘러라, 장얀느. 가장 안전한 곳으로 피신해 있어야 할 거야."

나는 고개를 끄덕였다.

"그래. 너무 멀리는 가지 마라. 에아르웬과 반이 합류해야 할 테니."

장 얀느와 베놈이 고개를 끄덕였다.

베놈은 나를 보며 마지막 인사를 전했다.

"그럼 부디 무사히 다녀오십시오, 로크님."

"그래."

나는 신을 믿지 않지만 만약 정말로 존재한다면 지금의 소원이 이루어졌으면 좋겠다고 생각했다.

언제나처럼 나를 배신한다고 해도 그것을 탓하진 않겠습니다. 다만 만약 배신이라면 저에게 조금만 더 지금 같은 순간을 늘려주세요. 저도 인간이기에 완전한 불신을 떠안은 채 살아갈 수는 없는 모양입니다.

*   *   *

쿠르릉!

먹구름이 몰려왔다.

검은 하늘은 곧 빗물을 떨어뜨리기 시작했다.

새카만 밤 왕성 안으로 잠입한 나는 숨을 죽였다.

순찰을 도는 경비병을 기다렸다.

그리고 잠시 후 계산했던 시간에 발자국 소리를 들었다.

셋. 둘. 하나.

병사가 모퉁이를 도는 순간 스트렝스를 시전한 힘으로 병사의 목을 움켜쥐었다. 그리고 즉시 허리춤에서 꺼낸 검으로 그의 목을 겨누었다.

하얗게 질린 병사는 부릅뜬 눈으로 공포에 떨었다.

"묻는 말에 대답만 한다면 살려주마."

병사는 있는 힘껏 고개를 끄딕였다.

"엘프 에아르웬의 위치를 말해. 내가 손을 뗄 때 쓸데없는 소리가 들린다면 네놈의 목숨은 없다."

"…왕성 지하 4층으로 알고 있습니다."

"어떻게 증명하나?"

"즈, 증명이라니?"

"네놈의 말을 어떻게 믿느냔 말이다."

그는 침을 꿀꺽 삼키며 내 눈동자를 똑바로 보았다.

"거짓이 아닙니다."

나는 웃으며 마력을 개방했다.

"이렇게 하지. 만약 네 정보가 거짓일 경우 내가 마법을 해제하겠어."

"해, 해제?"

"네놈의 심장에 폭약 마법을 걸어놓았다. 내가 손가락만 까딱거려도 네놈의 심장은… 무슨 의미인지 알겠지?"

"지, 지하 2층입니다."

그의 말이 달라졌다.

나는 그의 손가락 하나를 부러뜨렸다. 터져 나오려는 신음을 손으로 막았다. 부들부들 떠는 몸이 진정되었을 때 나는 천천히 손을 거두었다.

"쓸데없는 행동은 삼가라. 어디까지나 네 심장은 내게 인질인 셈이니까."

나는 그의 발을 석회 마법으로 굳혀 버린 뒤 서둘러 왕성 지하로 향했다.

4

왕성의 지하 감옥은 총 7층까지 있는 것으로 알고 있다.

층수가 높을수록 위험한 인물들을 가두고 있다는 소리를 들었다. 내가 이 감옥에 갇혔을 때가 3층 정도였나? 그 정도로 기억된다. 아무튼… 지하 감옥으로 들어가는 문을 지키는 병사는 두 명이었다.

모두 피곤해 보이는 얼굴이었다.

서 있는 자세가 불량하기 그지없다.

나라의 녹을 저런 식으로 먹는 것들 덕분에 그녀를 구출하는 게 꽤나 수월해지겠군.

나는 희미하게 미소 지었다.

내가 지금 시전하려는 마법은 정신력이 약할 때 훨씬 더 강력한 힘을 발휘한다. 한 명은 아예 눈을 반쯤 감고 있었다. 낮에 잠을 모자라게 잔 것일까? 뭐, 내 알 바는 아니지.

나는 슬립 마법을 걸었다. 효과는 확실했다.

순식간에 봄이 무너진다. 쓰러져 가는 그늘을 보면서 나는 긴장감이 다소 풀리는 것을 느꼈다.

현재는 여전히 인비지가 걸려 있는 상태.

이클레이드 급이 아니라면 나를 발견하기란 사실상 어려울 것이다.

만약 마법 장치를 걸어놓았다면 큰일이지만.

"한심한 놈들."

쓰러진 병사들을 지나 문을 열었다.

지하로 내려가는 기분은 나쁘다 못해 더러웠다. 에아르웬을 데리고 나오는 것은 문제가 아니다. 왕성을 완전히 빠져나오는 것, 그것이 가장 큰 난이도였다.

혹시나 발소리를 들을까 플라이 마법으로 나는 공중에 뜬 채 살살 날아갔다.

2층에 도착하니 간수가 보였다.

모두 3명이었다.

테이블 주위에서 카드놀이를 하고 있었는데 두 명은 얼굴이 시뻘겋고 하나는 아주 만족스러운 표정이었다.

한 사내는 찍찍거리는 쥐에게 욕을 퍼부었다. 꽤 많은 돈을 잃은 모양이었다. 흥분하면 돈을 딸 가능성은 더욱 멀어지는 법이야, 이 멍청아.

나는 주위를 두리번거렸다.

워낙 어두워서 에아르웬을 찾는 게 쉽지 않을 것 같았다. 모든 방의 개수는 어림잡아 열다섯.

고요했다.

옥 안에 갇힌 사람들은 마치 시체들 같았다.

마치 삶을 포기한 것처럼 의욕이 없고 외로움의 한계치를 넘은 듯한 모습들. 내 몸마저 축 처지는 느낌이었다.

나는 퀴퀴한 냄새, 음식이 썩고 더러운 짐승 냄새가 나는 곳에 에아르웬이 갇혀 있을 거라는 생각에 소름이 끼쳤다. 엘프는 귀가 밝다. 나는 정말 아주 조그마한 소리로 그녀를 불렀다.

"에아르웬… 에아르웬?"

그 소리를 들은 것일까? 철창이 흔들리는 소리가 났다.

나는 그곳으로 최대한 빠른 속도로 날아갔다.

하지만 플라이 마법으론 아직 빠른 속도로 날 수 없었다.

"로… 로크님?"

가녀린 목소리가 음험한 감옥을 가르고 흘러나왔다.

그것은 흡사 죽은 땅에서 피어나는 향기였다.

철창을 하얀 두 손으로 붙잡고 있는 에아르웬을 보는 순간 가슴이 철렁했다.

두 눈 아래는 색이 검게 죽어 있었다.

입술이 터져 있고 여기저기 멍이 들어 있었다.

몸을 제대로 가누지 못하는 모습을 보면서 나는 처음으로 분노에 치를 떨었다. 꼭 이런 식으로 대했어야 했는가!

'이 바보야, 도망치지 않고 뭘 하고 있었어!' 라는 말이 목구멍까지 올라왔다가 내려갔다. 여기서 소란을 피웠다간 끝장이었다.

그녀의 손을 잡았다.

차가웠다. 시린 감옥 속에서 그녀의 몸은 차가워져 있었다.

메스 텔레포트를 위해 마나를 일으키자 주위에 작은 파동이 일어났다. 우리 주위로 서서히 바람이 휘돌고 커다란 푸른 빛이 터져 나왔다.

카드놀이를 하던 병사들은 갑작스런 빛에 화들짝 놀랐다. 일반 병사들이 태어나서 마나를 두 눈으로 볼 확률이란 그리 높지 않다.

막을 생각보다는 신기한 광경에 넋을 놓고 있었다. 그들이 상황을 파악했을 때쯤엔 이미 마법이 시전되어 우리가 빛으로 변한 후였다.

Chapter 44

영혼

　보통 메스 텔레포트를 하는 동안에는 약간의 메스꺼움과 마치 꿈을 꾸는 듯한 몽롱한 상태에 직면하게 된다. 그런데 지금은 뭔가 이상했다. 이질적인 기운이 수천 수만 개의 마법 체계의 계산 속에 들어온 것 같았다.

　마나가 흔들리는 것을 느끼는 동시에 극심한 통증이 찾아왔다. 처음엔 전류에 감전되는 것 같았고 그 후엔 온몸이 찢어지는 듯한 통증을 느꼈다.

　뇌에 치명적인 영향을 끼칠 정도로 아픈 고통이라 도대체 무슨 일이 일어나고 있는지에 대한 의문보다는 어서 고통이 끝났으면 하는 바람뿐이었다.

"빌어먹을, 도대체……."

그 엄청난 고통은 약 10여 분간 지속되었고 마지막엔 온몸이 하얀 공간 속에 흡수되는 것 같았다. 그리고 눈을 뜨자… 절망감을 온몸으로 느낄 수 있었다.

"반갑구나."

기진맥진한 채로 실눈을 떴을 때 이클로드가 있었다.

"설마……."

나는 고개를 저었다.

그런 일이 일어나서는 안 된다.

절대로!

절대로 죽었어야 했어!

"네놈의 조잡한 술수 때문에 아들 놈의 영혼까지 팔아먹었어야 했어. 그 빚을 지금부터 차근차근 갚아나가도록 하마."

내가 알던 이클로드와는 분위기 자체가 달랐다.

내가 메스 텔레포트를 할 것을 짐작한 그가 나를 기다리고 공간 이동을 하는 상태에서 마법적 변화를 준 것으로 예측되었다.

이클로드는 아직까지 그럴 수 있는 단계가 아니야.

온몸에서 뿜어져 나오는 마나는 그가 극한으로 분노했음을 전적으로 표현하는 것이었다.

"이클레이드, 에아르웬은 관계가 없지 않나? 보내줘."

"크흐흐흐, 에아르웬의 사지를 찢으면 네놈에게 꽤 영향이 있을까?"

"이클레이드으으!"

내 외침을 들은 그가 하늘 위로 한쪽 손을 번쩍 들어 올렸다. 그리고 서서히 손을 내렸는데 오른쪽에서 무언가가 덜컥거리는 소리를 냈다.

고개를 돌리자 단두대의 칼날이 휙 아래로 떨어졌다.

서걱.

한 노인의 목이 바닥을 굴렀다.

진하고 붉은 피가 나무로 된 바닥을 적셨다.

"죄는 단두대가 꽤 고상하지. 아름다운 죽음 아닌가? 제자에게 이 정도 아량을 베푸는 사람은 나밖에 없을 것이야. 클클."

"당신은 미쳤어!"

나는 주위를 둘러보았다.

왕성의 많은 귀속늘과 병사들이 보고 있었다.

나와 에아르웬은 온몸이 밧줄에 묶여 있었다. 꼼짝없이 죽게 생긴 판이었다. 나는 어금니를 꽉 깨물었다. 도저히 지금 상황에선 뭘 해볼 도리가 없었다.

당장 목을 칠 줄 알았는데 아니었다.

"전야제라는 것이 있지. 축제를 하기 전 간을 보는 것 말이야."

바람 빠지는 웃음소리를 내며 그는 소년처럼 즐거워했다. 공포스러웠다. 그를 이대로 둔다면 얼마나 무서운 존재로 재탄생할지 두려웠다.

그는 지금껏 수명을 늘리긴 했지만 다른 타인의 몸으로 영혼을 옮기는 마법은 시전한 적이 없었다.

막다른 상황이라 어쩔 수 없이 했던 마지막 마법이 절대로 가능할 거라 생각하지 못했던 것을 그가 성공한 것이다.

확실히 틀림없는 희대의 천재였다.

인정하지 않을 수 없는 부분이었다.

나의 패배인가.

눈을 감는 지금 이 순간 억울함과 분노는 실로 참기 힘들었다. 대낫으로 가슴을 헤집고 갈기갈기 찢어놓는 것만 같았다. 덩어리진 감정이 모두 찢어져 사방으로 흩어진다. 나는 그 분노의 일갈을 하나의 마음에 담아 소리쳤다.

"네놈 같은 악의 마도사를 떠받드는 이 미친 나라를 내 죽어서도 불쌍히 여기도록 하마!"

"흥!"

콧방귀를 뀐 이클레이드가 턱짓으로 고개를 살짝 돌리자 무대 밑에서 누군가가 걸어 올라왔다. 커다란 몽둥이를 들고 있었다.

험악하게 생긴 사내다.

수염이 텁수룩하게 턱과 입을 뒤덮고 있었다. 눈빛은 죽어 있다. 이런 일을 할 때 감정을 버린 사람들이 자주 나타내는 눈이었다.

휘잉!

묵직한 것이 바람을 갈랐다.

"안 돼!"

나는 비명을 지르며 몸을 날렸다.

퍼어억!

에아르웬의 몸 위로 던져진 내 몸에서 끔찍한 소리가 터졌다.

콰아앙!

등을 후려친 몽둥이가 살짝 일그러질 정도로 엄청난 강도였다. 이런 짓을 여자에게 하려 하다니. 이 미친놈!

몽둥이를 들어 한 번 더 치려는 찰나 이클레이드가 다가와 내 머리카락을 잡아챘다.

몸체는 꼬마인데 힘이 대단했다.

"네놈의 심장을 먹어치워야 하니 오늘 밤은 저년의 목을 치고 그 다음날 네놈의 심장을 흡수한 뒤 손수 목을 쳐주도록 하마. 마법체계를 성공한 자랑스런 제자에게 그런 호의조차 못 베풀겠느냐? 조신히 기다리고 있거라."

그의 귓속말은 뱀이 귓속으로 들어오는 기분이었다.

끔찍했고 더러웠다.

그의 목소리는 끔찍하도록 징그럽게 생긴 유충 같았다.

혐오스럽고 불쾌한 목소리다.

"내 몸의 피마저 더러워지는 기분이야. 맞는 것보다 고통스럽다니. 제발 그 입 좀 다물어줬으면 좋겠는데."

나는 애써 하얀 이를 내보이며 웃었다.

"독한 놈이로세… 뭐, 그러니 마법체계를 성공한 것일지도 모르지."

그는 내 머리를 놓고 뒷머리를 발로 밟았다.

퍼억!

"크윽!"

얼굴이 바닥에 처박혔는데 피가 사방으로 번졌다.

얼굴이 엉망진창이 되었다. 고통에 몸부림치던 내가 고개를 들었을 때 이클레이드가 명령했다.

"저년의 목을 단두대에 걸어라!"

어린 소년의 카랑카랑한 목소리는 주위를 압도하는 무언가가 있었다. 명령을 받은 병사들이 후다닥 달려와 기절해 있는 에아르웬을 업어 들었다.

"아, 안 돼."

걸걸해진 목소리로 힘없이 외치는 나를 보며 이클레이드는 기분 좋은 미소를 지었다. 현실은 비참할 정도로 참혹했다. 그녀의 죽음을 보고 있을 수밖에 없는 것은 차라리 죽음보다 잔인했다. 망가뜨려진 자존심에 눈에서 눈물이 흘렀다.

"제발… 제발 멈춰줘."

몸을 쭈그려 숙인 그는 손을 귀에 대며 못 들은 척 가까이 다가왔다.

"다시 말해봐. 잘 안 들리는걸?"

"그녀를… 살려주란 말이다, 이 개자식아."

기가 찬다는 듯 웃은 그가 내 얼굴에 침을 뱉었다. 그리곤 단검을 꺼내 단두대가 있는 곳으로 걸어갔다.

"이 줄만 끊으면 이 아름다운 엘프의 목숨은 끝이로군."

나를 보며 살짝 웃어 보인 그가 거침없이 단검을 휘둘렀다. 그러나 밧줄은 멀쩡했다. 아직 긋지 않은 것이다.

혼이 빠져나가는 느낌이었다.

거친 호흡을 몰아쉬는 나를 보며 그는 고개를 갸웃거렸다.

"이 엘프 년에게 관심이 없다고 생각했었는데. 의외구나, 로크. 그 사이 정이라도 든 게냐?"

"당신의 악취미와 더러운 비밀을 모든 사람이 알아야 할텐데."

"그건 나 역시 동감이야. 안타깝다고."

그는 슬프다는 얼굴로 고개를 설레설레 저었다. 녹슬어 있는 단두대를 손으로 매만지며 그는 천천히 단두대를 지나쳐 걸었다. 나를 지나치면서 슬며시 던진 말이 나를 미치도록 괴롭게 했다.

"이제 그만 끝을 내도록 하지."

많은 사람들이 단두대가 위치해 있는 무대 아래에서 구경하고 있었는데 그들을 향해 이클레이드는 이렇게 외쳤다.

"이 두 죄인의 피는 마법 공학에 큰 기여를 할 것입니다. 그로 인해 우리 바이슨 왕국은 분명 더욱 강하고 힘있는 국가가 될 것은 틀림없으며 그 중심에는 제가 있습니다! 제 아버지이신 이클레이드님의 뒤를 이어 대궁정마법사로서! 앞으로는 결코 강한 나라에게 고개를 숙이는 일 따위는 존재하지 않을 것입니다!"

사람들은 이클레이드를 경이롭게 바라보며 박수 쳤다.

"그녀의 목을 쳐라!"

이클레이드가 하늘 위로 나이프를 던진 순간 한 마른 중년 사내가 묶여 있는 줄을 천천히 풀었다.

"제발… 하지 마. 하지 마!"

스륵.

줄이 완전히 풀리고 무서운 속도로 떨어지는 단두대의 칼날.

나는 이를 꽉 물며 눈을 감았다.

카아아앙!

'무슨?

눈을 뜨는 순간 가슴에서 묵직하고 뜨거운 것이 분수처럼 솟아올랐다.

"델 키오르……"

수많은 사람들 사이에서 뛰어올라 떨어지는 칼날을 발로 부숴 버렸다. 사방으로 떨어지는 파편에 귀족들과 병사들이 비명을 지르며 물러났다. 하얀빛이 번쩍이는 칼을 꺼내는 델 키오르의 검은 눈은 흡사 검은 흑룡 같았다.

"내가 데려간다."

무게있는 그 한마디를 들은 이클로드는 히죽 웃었다. 조금도 위축되지 않아 보이는 그의 웃음은 하나의 악마였다.

"가소로운 놈. 감히 누구에게 검을 들어?"

양손에 시퍼런 오러를 일으키며 걸어가던 그가 우뚝 멈추어 서더니 고개를 갸웃거렸다.

"잠깐… 너 혹시……"

델 키오르는 씹어 내뱉듯이 말했다.

"네놈이 만들어낸 브로크웨이다."

"최상급 브로크웨이. 왠지 보통의 인간보단 굉장한 수준 차이가 난다 했더니. 과연 그렇군."

델 키오르가 힘을 폭발시켰다.

콰와앙!

그의 발아래에서 하얀색 기류가 회오리처럼 휘몰아쳤다. 굉장한 박력이었다. 그가 검을 살짝 휘두르자 내 몸을 묶고 있던 밧줄들이 가볍게 잘려 나갔다.

"그대의 심장은 저 마인을 위한 것이 아니다. 바로 이 몸을 위한 것. 함부로 빼앗길 생각 하지 마."

나는 힐을 시전해 몸을 회복했다.

"그를 상대할 동안 도망쳐라. 최대한 멀리."

이클레이드는 한숨을 쉬며 어깨를 으쓱했다.

"도무지 주제 파악을 못하는 것들 때문에 골치라니까."

이클레이드의 표정이 일그러졌다.

기분이 크게 나빠진 듯 폭렬적인 오러의 기운이 세상을 집어삼킬 듯이 뿜어져 나왔다.

화르륵!

이클레이드가 손을 휘젓자 사방이 불바다로 변하기 시작했다. 순식간에 온몸이 화끈해질 정도로 대단한 화기였다.

"뭘 넋 놓고 있는 건가! 당장 사라져!"

또다시 공간 속에서 이동 경로를 엇갈리는 경험 따위는 절대로 하고 싶지 않았다. 헤이스트 마법으로 신체적 속도를 올린 나는 급히 에아르웬을 어깨에 둘러메고 내달렸다.

콰아앙!

쉽게 보내줄 생각은 없는 듯 어느새 내 옆으로 다가온 이클 레이드가 마력으로 가득 찬 주먹을 내뻗었다.

쉴드!

퍼어엉!

두터운 소리가 났다.

뒤로 주르륵 밀려났을 때 델 키오르가 나를 도와 이클레이 드에게 공격해 들어갔다. 입에 흐르는 피를 닦아냈다.

나는 다시 속력을 올렸다.

빛의 검을 만들어내자 마력의 힘을 이겨내지 못하고 땅이 와르륵 일그러졌다.

마력을 더 끌어올렸다.

강화되는 오러. 빛의 검이 더욱 두껍고 강해졌다.

쿠우우우!!

"비켜, 델 키오르!"

있는 힘을 다해 빛의 검을 던졌다.

쉬이익!

엄청난 파공성이었다.

공기를 가르는 빛의 검은 눈이 부실 정도로 새하얗게 번쩍 였다. 제발! 제발! 그를 죽일 수 있기를 간절히 염원하는 한 수였다.

델 키오르가 타이밍 좋게 비켜났고 빛의 검이 이클레이드의 복부를 관통했다. 폭포처럼 피가 쏟아졌다.

"젠장할!"

이클로드의 몸과 이클레이드와의 감각은 철저히 다를 수밖에 없다. 몸의 크기가 다른 만큼 감각적 반응 역시 확실히 늦은 듯했다. 그러나 마법을 영창하자 회복력이 말도 안 될 정도로 대단했다.

순식간에 치유되어 가는 몸.

델 키오르가 깜짝 놀라 다시 달려들었을 때 그의 몸이 순간 흐릿해졌다.

텔레포트로 거리를 두었을 때 그의 복부에 흐르던 피는 멎었다. 하지만 충격은 꽤 있는 듯 몸을 제대로 가누지 못했다.

나는 그에게 저벅저벅 걸어갔다.

"아들 몸으로도 그런 막대한 마나 양이라니. 비상식량처럼 아들의 능력을 최대한 올려놓은 모양이군."

"아니. 이놈은 천재였어. 그래서 영혼 이동이 훨씬 쉬웠지. 피가 이어져 있는 이상 영혼 이동술은 그리 어려운 게 아니었다."

"어찌 부모가 자식을!"

"너 역시 부모에게 버림받지 않았느냐?"

숨이 멈추는 느낌이었다.

"시끄러."

"난 내 자식을 버린 게 아니라 잠시 몸을 빌린 것뿐이야. 시간이 흐른 후 다른 몸으로 이동하면 내 아들의 영혼은 다시 제자리를 찾게 되지."

"가능할 리가!"

"난 가능해."

방금 내뱉은 마도사의 말은 확신이었다.

그는 브로크웨이라는 괴물도 만들어냈고 직접 영혼 이동술을 시전하는 것도 성공했다. 이미 현실과 동떨어져 버린 괴물에게 그 또한 불가능한 일은 아니리라.

"조금만 더 수련한다면 사탄의 수하라도 되겠어."

그는 능글맞게 웃었다.

"못할 것도 없지. 그보다 말야… 네게 선물을 준비했다."

"선물?"

검은 그림자가 벽 모퉁이를 돌아 나타났다.

쿵쿵거리는 소리를 내며 걸어오는 그것을 보는 순산 나는 완전히 얼어버렸다. 가슴이 찢어지고 눈시울이 붉어졌다.

반이었다.

입에서는 하얀 김이 스르륵 나왔다.

덩치는 미노타우르스보다 컸다.

무시무시한 이빨에 완전한 붉은빛을 띠는 눈동자.

온몸에 혈관으로 보이는 핏줄이 돋아나 있었다. 고슴도치처럼 뾰족한 털!

게다가 두 발로 서 있는 모습은 절대 예전의 반을 상상할 수 없어야 했지만 나는 한번에 알아보았다. 어릴 적부터 함께 해 왔던 첫 번째 친구였다.

나는 고개를 저었다.

"마… 말도 안 돼."

이클레이드는 비릿한 미소를 짓고 있었다.

"내 작품인데 꽤 괜찮지? 만드는 데 고생 좀 했단다. 자, 어때? 마음에 들어? 일전에는 말이야. 너무 나약해 보여서 어디 써먹을 데도 없었을 것 같았는데… 이렇게 키메라로 합성해 보니 그럴듯해졌단 말야."

그는 스스로가 자랑스러운 듯이 말했다.

피가 거꾸로 흐르는 기분이었다.

"대체……."

오늘처럼 가슴이 뜯겨져 나가는 기분은 처음이었다.

주먹이 부들부들 떨렸다.

"대체 반에게 무슨 짓을 한 거야!"

이클레이드는 조금의 죄책감도 없었다. 원래 그런 인간이란 건 알았다. 하지만 어떻게… 이토록 잔인할 수 있는가.

"별로 애정이 없어 보였는데 그토록 간절한 사이였어? 한 낱 개에 불과한 것에 너무 집착을 보이는군. 그래서야 마도사로서 성장할 수 없어."

눈물이 너무 흘러내려 앞을 잘 볼 수가 없었다.

크워어엉!

괴물처럼 소리를 내지르는 반의 모습에 가슴이 미어져 왔다.

"미안하다, 반."

목이 메여 말조차 제대로 나오지 않았다.

"정말… 정말로 미안하다. 널 지켜주지 못해서… 정말 미안하다, 반."

나는 바닥에 손을 대고 마법을 캐스팅했다.

쾌과과광!

땅이 갈라지며 생겨난 돌조각이 반에게로 향했다.

날카롭고 커다란 돌조각이 반의 몸통을 들이박았다. 사방으로 흩날리는 붉은 피를 가슴 아프게 바라보았다. 그의 고통보다 내 마음의 고통이 더 아프리라!

심장이 시렸다.

차갑고 서늘한 바람이 심장을 스쳐 가는 듯했다.

나는 눈을 감고 기도했다.

"부디 편안히 쉬기를……."

몸을 날렸다.

오러로 가득한 주먹으로 반의 목을 강타했다.

퍼어엉!

아무리 키메라라고 해도 마법체계의 일정 수준을 초월한 나를 상대로 피해를 줄 순 없다.

"쿠워억… 쿠웍!"

반의 뒷목에서 뼈와 핏물이 흘러내렸다.

후두둑.

그리고 스르륵 몸이 무너진다.

바닥에 '쿵' 쓰러진 반에게 걸어갔다. 그 얼굴을 쓰다듬는데 정말로 미쳐 버릴 것 같았다.

"아아아아아악!"

머리를 부여잡고 몸부림치는 내게 이클레이드가 걸어왔다.

"곧 네 친구의 품으로 보내주마. 그만 귀찮게 하고 심장을 내놓도록 해."

온몸의 근육이 찢어질 정도로 힘을 주었다.

주먹을 쥐고 있는 손에서는 피가 끊임없이 흘러내렸다.

"죽여 버리겠어."

이가 부서질 정도로 강하게 앙다물었다.

바드득 이가 갈리는 소리를 그는 마치 음악처럼 듣고 있었다. 이토록 누군가를 증오해 본 적이 없었다.

"네놈에게 가장 잘 어울리는 파멸을 주마. 기대해라."

세상의 파멸을 이끄는 존재.
암흑의 공간 속에 존재하는 이여,
그 거대한 존재가 실체가 되어주나니.

"사탄(SATAN)!"

등에서 검은 날개가 돋아났다.

웅장한 날개를 퍼덕이며 온몸이 푸른 빛에 휩싸였다. 대천사 루시퍼의 실체화였다. 내 눈빛에서 작은 마법진이 표시되었다. 그리고 이마에 새겨지는 하나의 문양은 의미를 알 수 없는 문양.

그것을 본 이클레이드가 눈을 부릅떴다.

"말도 안 돼! 네놈 같은 애송이가 어찌!"

그의 말대로 감당할 수 없는 힘일까.

손이 부들부들 떨렸다.

정신은 몽롱해지지만 파멸 의식은 또렷하다.

분노, 증오, 그 한계치가 뚫리면서 나는 또 하나의 벽을 부수었다.

이 사탄이라는 마법은 지옥계에 존재하는 사탄의 권능을 약 5% 빌려온다. 그러나 그 5%마저도 엄청난 힘으로써 보통은 육체가 감당할 수 없으나 어렸을 적 저 영감탱이가 처먹인 빵 때문에 가능해진 것이었다.

"이클레이드, 마법체계는 내 대에서 완전히 끝이 난다."

"헛소리!"

그의 몸에서 푸른 빛이 뿜어져 나왔다. 나는 손을 저었다. 검은 기류가 그 푸른 빛을 단번에 덮었다. 사탄의 힘은 위대했다. 적어도 공격 마법에 있어 그 무엇보다 거대한 힘을 가지고 있었다.

"있을 수 없어! 사탄이라니!"

이클레이드는 절규했다.

"마법체계의 끝. 절대 인간이 이룰 수 없는 경지야. 어떻게……."

"이것은 완전한 힘이 아니다. 하지만 네놈을 정리하기엔 충분하겠어."

그는 뒷걸음질쳤다.

처음 보았다.

눈동자에 두려움이 가득 차는 모습을.

나는 기가 막혔다.

"믿을 수 없군. 당신의 이런 모습이라니."

그는 분노와 억울함, 그리고 질시가 가득한 눈빛으로 나를 노려보고 있었다.

"그저 흉내에 불과한 것! 어디서 감히 스승에게!"

"당신이 만약 이클레이드 본인의 몸이었다면 그래, 분명 난 그대를 처치함에 있어 힘들었을 게 틀림없어."

새로운 마법체계 공식이 정립되어 머릿속에 파도처럼 밀려들어 왔다. 정말로 사탄의 일부 권능을 부여받은 것이다.

등에서 펄럭이는 날개는 마치 나의 팔과 다리처럼 자연스러웠다. 무서울 정도로 빠르게 동화된 느낌은 솔직히 두려웠다. 이토록 강한 힘을 얻는 대신에 무언가를 주어야 하는 것은 아닐까 불현듯 그런 생각이 든 것이다.

더 사실적으로 말하면 내가 강해진 게 실감나지 않았다.

반을 잃은 분노가 이토록 마법체계의 힘을 상승시키다니.

나는 고개를 설레설레 저었다.

정말 나조차도 믿기지 않는 현실이었다.

"인정할 수 없어. 나조차도 다다르지 못한 신계의 경지. 어찌 네가 그 사탄의 경지에……."

초점을 잃은 눈으로 그는 내게 걸어왔다.

파지지직!

그의 손에서 오러로 이루어진 검기가 생성되었다.

"인정할 수 없단 말이다!"

내 목을 향해 엄청난 파괴력을 지닌 검기가 쏟아졌다. 예전의 나라면 꽤 고전했을 공격일지도 모르겠다. 하지만 지금은 날개가 내 온몸을 덮었다.

권능은 5%밖에 주어지지 않았지만 날개의 방어력은 사탄의 표면적 방어력 그대로였다. 때문에 이클레이드의 검기는 검은 날개에 부딪치면서 하얀 연기로 변하는 초라한 광경을 연출해 냈다.

"지… 진짜란 말인가. 정말로 사… 사탄?"

정말로 사탄을 눈앞에 둔 듯한 얼굴이었다. 나는 그 사탄에 대한 것이 얼마나 대단한 건진 모르나 적어도 그를 능가할 수 있는 것이라는 것에 대해 감사했다.

반을 죽게 만든 그에게 복수할 수 있는 힘이었으니.

"다크 핸드."

마법체계의 다크 핸드와는 성질이 다른 것이었다.

신계에 있는 힘을 마법체계의 공식과 마력으로 불러와 사용하는 것이니 본질부터가 달랐다.

바닥에서 그림자처럼 생성된 검은 '그것'은 거대한 손의 형태를 갖추었다. 그것을 보고 이클레이드는 수십 가지의 공격 마법을 캐스팅했다. 하지만 그림자를 공격한다는 것 자체가 웃기는 일.

다크 핸드에 투명하게 새겨진 마법진이 이클레이드의 모

든 공격을 흡수했다. 그리고 흡수한 에너지는 놀랍게도 나에게로 공급되어졌다.

그의 공격이 멈추었을 때 검은 손은 기다렸다는 듯이 움직였다.

그대로 집어삼키듯이 이클레이드를 움켜쥐자 이클레이드의 고통 어린 목소리가 커다랗게 울렸다.

"크아아악!"

검은 그림자가 살 속으로 파고들었다.

이제 알겠군. 고통의 음성이 왜 음악처럼 들리는지!

온몸에서 피가 분수처럼 뿜어져 나왔다.

사방으로 튀어나간 피를 보면서도 나는 가슴에 담겨 있는 분노를 억누르지 못했다. 얼굴이 새파랗게 질린 이클레이드가 숨을 거칠게 몰아쉬었다.

"델 키오르, 검을 빌려줘."

그는 말없이 고개를 끄덕였다.

델 키오르가 던진 검을 왼손으로 받았다.

이클레이드가 그사이 마법을 캐스팅했다.

이제는 알 수 있다.

지금 이 순간 그가 무슨 마법을 외우는지. 영혼 이동술!

"또다시 기회를 줄 것 같은가!"

다크 핸드가 사라지고 몸을 가누지 못하며 힘겹게 마법을 캐스팅하려는 그에게 뛰어갔다. 맨손을 그의 뱃속에 집어넣었다.

푸욱!

오러가 덧칠해져 있는 손은 가볍게 그의 몸속으로 들어갔다.

기분 나쁜 감각이 손끝에서 전해졌다.

하지만 그런 것은 신경 쓸 겨를이 없었다.

곧장 마법을 영창했다.

"마나 흡수!"

내 의지와 상관없이 검은 날개가 펄럭였다.

그 날개가 만들어낸 파장의 바람이 사방으로 불어닥쳤다.

주르륵!

"아아악!"

이클레이드의 고통 어린 음성이 흘러나왔다.

그가 소유하고 있는 마력이 나에게로 흘러들어 오기 시작했다. 몸을 부들부들 떨며 그는 고개를 저었다.

"놓아줘. 놓아줘!!"

마나를 모두 뺏어버리면 마법사는 몸의 면역을 이기지 못하고 심장이 멈추어 버린다. 나는 소량의 마력만을 남겨놓은 채 손을 꺼냈다.

물컥물컥 흘러나오는 피를 막기 위해 손으로 배를 잡았다. 뒷걸음치다 넘어진 그는 입에서 흘러나오는 피와 복부에서 흐르는 피 때문에 어찌할 줄을 몰라했다.

절대 자신이 죽을 거라고는 생각지 못했던 듯 당혹스러워했다.

"처절하기 그지없군. 당신도 인간이었어. 그리고 악인이기에 사탄을 이겨낼 수는 없는 모양이야."

날카로운 검을 그의 허벅지에 쑤셔 넣었다.

푸부북!

살이 찢겨지고 뼈를 관통한다.

"이 차갑고 시린 칼날의 느낌. 처음인가?"

"크어억! 크억!"

침과 피가 뒤섞여서 흘러내리는 그는 추악했다.

마나가 빠져나가자 급격하게 얼굴이 주글주글해졌다.

슈숙!

그의 양손이 바닥에 툭 떨어졌다.

사탄의 힘을 일으킨 후 육체적 속도 역시 눈에 보이지 않을 정도로 빨라졌다. 검을 휘두르는 속도는 보통 인간의 눈으로는 식별이 불가능할 정도였다.

바닥을 엉금엉금 기며 그는 고통스러워했다.

"고작 이런 놈 때문에 그토록 많고 많은 사람들이 고통받는 삶을 살아야 했단 말인가."

나는 그의 잘려진 손목을 발로 밟았다.

파악!

"으아아악!"

"닥쳐, 이 짐승만도 못한 쓰레기야!"

그의 멱살을 쥐고 주먹을 날렸다.

이빨이 후두둑 깨지며 주먹이 거의 목구멍까지 들어갔다. 실수로 조금만 더 힘을 주었다면 머리를 뚫어버릴 뻔했다.

사탄의 힘은 정말 어마어마했다.

몸을 부들부들 떨며 이젠 제대로 가누지도 못하는 상태가 되었다.

"어떻게 하면… 어떻게 하면 네가 더 고통스러울 수 있을까?"

"하악… 하아……."

거친 숨을 몰아쉬는 그의 눈빛은 죽어 있었다. 그리고 나를 바라보는 시선은 아무런 감정이 담겨 있지 않았다. 그저 고통에 가득 찬 지금 이 순간을 벗어나고 싶어하는 눈이었다.

그가 조금 남은 마력을 소모했다.

마나로 음성을 만들어냈다.

—호랑이 새끼를 키웠어. 아니, 그 호랑이가 용이 되어버렸구나…….

"더 이상 아무 말도 하지 마. 넌 비명만 질러야 해."

나는 그에게 정신력을 최대한으로 강화하는 마법을 걸었다.

―무, 무슨 짓을 하려는⋯⋯.

퍼억!

그의 발목에 검을 박았다.

"잘 가라."

나는 팔에 힘을 주었다.

"지옥으로!"

"크아아아아아악!"

발목부터 검을 긋기 시작해 목젖까지 끌어 올렸다. 뼈가 부서지고 살이 갈라지며 내장이 쏟아졌다. 그리고 이내 가슴을 지나 목을 그었을 때 드디어 그는 숨을 거두었다.

긴 시간을 살아왔던 만큼 장대한 죽음이었다.

하얀 델 키오르의 검신에서 검은 피가 방울 맺혀 떨어져 내리는 걸 보면서 나는 중얼거렸다.

"좀 더 초라한 죽음을 줄 걸 그랬어. 하지만 그의 마음을 고통스럽게 하는 것은 그 어떠한 마법체계로도 불가능하겠지. 지옥에서 평생 동안 저지른 죄업을 지옥에서 치르길 기도한다."

바닥에 몸을 눕히고 있는 이클레이드의 시체를 보면서 나는 쏟아지는 눈물을 막을 수 없었다.

Chapter 45

생각의 충돌

1

이클레이드가 죽은 지 얼마 되지 않아 왕성의 유명한 기사들이 모두 몰려왔다. 무슨 이유인진 몰라도 상당히 늦은 등장이었다. 바닥에서 참혹하게 쓰러져 있는 이클로드를 보고 곧장 20여 명의 기사들이 검을 꺼냈다.

그러나 공격은 바로 시작되지 않았다.

기사들 사이로 누군가가 걸어나왔다.

그 얼굴을 확인한 나는 비웃듯이 말을 내던졌다.

"오랜만이다, 바이슨의 임금!"

이 엄청난 발언에 기사들의 검에서 푸른빛이 번쩍였다. 달려들려는 기세를 국왕이 손을 들어 제지했다.

그가 내게 물었다.

"바이슨을 향한 그대의 솔직한 심정을 알고 싶다."

"글쎄… 어떨까?"

"지금 바이슨 왕국의 성문에 엄청난 숫자의 몬스터들이 들이닥치고 있다. 그것도 엄청난 상급의 몬스터들이 떼를 이루어서. 그것은 절대 자연적인 현상으로 일어날 수 있는 일이 아니야. 누군가가 뒤에서 조종하고 있다는 것이지."

"그런데?"

"그대가 여기서 그만 물러나 줬으면 한다. 더 이상의 병력 피해를 볼 생각은 없어."

"이제 입장이 완전히 뒤바뀌어 버렸어, 임금 나리. 내가 이깟 왕국 하나 날려 버릴 힘이 없을 것 같은가? 그런 태도는 날 자극시킨다는 걸 알아야지."

지금 여기에 힘의 파장으로 기절한 에아르웬만 없었다면 왕국을 날려 버리는 것은 일도 아니었다. 하지만 어린애처럼 내 감정에 치우쳐서 관계없는 인간들을 몰살시키고 싶은 생각은 없었다.

나는 완전한 힘을 이끌어냈고 더 이상 두려울 게 없다.

하지만 이젠 그만 끝내고 싶다.

지긋지긋한 이 끔찍한 인생의 항로도 그만 종지부를 찍고 싶었다. 편안히 자연이나 느끼고 싶었다. 옛 추억을 기리며 살기엔 너무 끔찍했던 나날들이다.

아름다운 추억을 새로이 만들어가야 한다.

나는 누워 있는 에아르웬을 어깨에 올려 메고 국왕의 눈을 똑바로 보았다.

"이 왕국을 지도상에서 지우고 싶은 게 아니라면 앞으로 날 자극할 일은 없어야 할 것이다. 그 말을 꼭 명심해."

힘을 일으키자 거대한 폭음 소리가 일었다.

콰아아앙!

복도 사방이 검은 그림자로 꿈틀거렸다.

그 그림자는 당장이라도 피를 머금고 싶어하는 한 마리의 검은 늑대 같았다. 그 끔찍한 연출에 순식간에 얼어붙은 그들은 숨마저 멈추었다.

"결코… 이런 것을 꿈꾼 것은 아니었는데. 많은 것이 어긋나 버렸구나."

나는 눈을 지그시 감고 공간 이동을 캐스팅했다.

2

바이슨의 도시로 돌아왔을 때 그들을 찾는 건 어렵지 않았다. 마나를 도시 전체에 퍼뜨리자 동료들이 있는 곳을 감각으로 찾을 수 있었다.

나는 그곳으로 향하면서 몸속에 흐르는 기운에 아직도 약간 실감이 안 나 신기해하고 있었다. 이미 나는 인간이 만들수 있는 정점을 훨씬 초월한 상태였다. 웅장한 산을 몸속에 지니고 있는 듯한 기분이었다.

그 오묘한 느낌에 취해 있을 때 멀리서 시끄러운 소리가 들려 고개를 들었다. 빠른 속도로 마차가 거칠게 도로를 지나고 있었다.

나는 그 마차를 보는 순간 속에서 무언가가 울컥 치밀어 오르는 것을 느꼈다.

세상은 불공평하다.

어릴 적 나는 저런 귀족들의 마차를 보면 깜짝 놀라 비켜서야 했고, 그런 나를 기분 나쁘다는 듯이 쳐다보는 마부의 시선, 굴욕적인 평민으로 살아야 했던 많은 기억들.

나는 더 이상 그 무엇도 피할 수 없는 존재가 되었다.

온 세상이 나를 향해 칼을 든다고 해도 피하지 않아.

두렵지 않았다.

차라리 싸워서 죽음을 택할 것이다.

짓밟혀진 자존심을 서서히 일으켜 세우고 싶다는 욕망이 들었다. 나는 천천히 마차를 향해 걸어갔다. 그런 나를 일찍 발견한 마부는 목에 핏줄을 세워가며 소리쳤다.

"당장 비켜, 이 거렁뱅이 자식아!"

나는 갑옷 위로 허름한 로브를 걸치고 있었다.

이런 나를 우습게보는 인간이라…….

나는 미소 지었다.

"아, 이런 미친놈이!"

마부는 가까스로 내 코앞에서 마차를 멈추었다. 설사 부딪
쳤다고 하더라도 나는 온몸에 마나를 두른 상태였기에 부서
지는 쪽은 마차였다. 운이 좋다고 한다면 그것은 바로 마부
쪽일 것이다.

"이 염병할 자식! 죽고 싶어서 환장했냐?!"

마부석에서 내린 그가 씩씩거리며 내게로 걸어왔다. 그러
다 걸어오는 속도가 조금씩 줄어들었다. 내 서늘한 눈빛에 겁
을 집어먹은 모양이었다.

"이… 이놈 보세. 정상이 아니구나. 호위병!!"

병사들이 말을 타고 내게로 달려왔다.

"나는 체계의 마도사다. 길을 열어라."

나지막한 내 목소리에 그가 되물었다.

"뭐? 체계의 마도사?"

호위병이 내 옆으로 지나며 창을 겨누었다.

"누구냐? 무슨 목적인가?"

싸늘한 시선으로 안장 위에서 날 내려다보는 그들을 보며 나는 말했다.

"길을 열라고 했다."

그들은 짜증난다는 표정으로 날 노려보다가 이내 공격적인 언사를 던졌다.

"이봐, 관등성명을 대지 않으면 이 자리에서 그대를 끌고 가 심문을 할 것이다. 두 번 다시 묻지 않는다."

마력을 일으키려는 때에 마차에서 한 사람이 내렸다.

여자였다. 그리고 마차의 주인 얼굴을 보는 순간 나는 웃었다. 이토록 잔인하게 웃어본 적은 처음일 것이다. 나는 순간 내가 짓는 지금의 웃음이 낯설게 느껴졌다.

이런 나를 본 호위병은 판단이 불가하다고 결정, 공격적 명령을 내렸다.

"이놈을 포박하라!"

"예!"

병사들이 다가왔다.

매직 미사일 5개가 각자 병사들의 머리를 관통했다.

퍼버버버벅!

안장 위에서 바닥으로 쓰러지는 순간 말들이 시끄럽게 소리 질렀다. 주위는 완전히 아수라장이 되었다. 마법사라고 소리치며 도망치는 사람들 때문에 귀가 멍멍했다.

나는 쓰러진 시체들을 지나 그녀에게로 걸어갔다. 그때까지도 뒤에서 처음 내게 관등성명을 제시했던 호위병은 굳어 있었다. 마법사라는 사실을 알고 큰 혼란을 느낀 것 같았다.

나는 잠깐 뒤돌아 그에게 말했다.

"나는 체계의 마도사 로크라고 한다. 왕국에 가서 정식으로 수배령을 내려봐. 기다리고 있을 테니. 내 앞을 가로막는 것들은 모두 죽는다는 사실을 일깨워 줄 테니까."

고삐를 꼭 쥔 그는 이를 꽉 깨물며 왕성으로 향했다.

그 모습을 바라보다가 나는 마차의 주인에게로 시선을 돌렸다.

"아… 아……."

어찌할지 몰라 하는 그녀.

그녀는 에아르웬과 반을 냉동실에 집어넣었던 악녀 이실로네였다. 잔뜩 얼어서는 어쩔 줄 몰라 하다가 반대쪽으로 정신없이 뛰어갔다. 나는 손을 휘저었다. 바닥에서 거무튀튀한 그림자가 그녀의 다리를 옭아매는 것을 보았다.

"아악!"

비명을 지르며 바닥에 넘어진 그녀는 설설 기었다. 나를 돌아보며 눈물을 흘리는 모습이 애처롭기보다는 징그러웠다.

"제발 살려주세요. 제발 살려주세요. 흐흑, 제발요. 제발요, 마법사님."

"말투가 고분고분해졌네."

나는 마치 내가 더러운 악인처럼 느껴졌다.

여자의 눈물은 진실로 이렇듯 가식적일 수 있는 거구나.

인간의 미모란 이렇듯 무서운 가면.

"죽일 생각은 없어. 단지……."

나는 서서히 공기를 냉각시켰다.

"그녀와 이미 하늘로 간 내 친구가 겪었던 고통이 어떤 건지 알려주고 싶을 뿐이니까."

"제발 이러지 마세요. 제발요."

눈물이 범벅된 얼굴로 사정하는 그녀를 보면서 나는 사지가 뒤틀릴 것만 같았다.

"죄를 지었으면 벌을 받는 것이 마땅한 이치다!"

거센 바람이 불었다.

그 바람은 차가운 냉풍.

뼈가 시리는 그 바람에 그녀는 연신 비명을 내질렀다. 고작 이 정도 가지고 고함지르는 그녀의 나약한 정신 상태에 나는 몸에 힘이 쭉 빠질 지경이었다.

"추워?"

"제발 살려주세요. 살려달란 말이에요. 흐흑."

나는 기가 막힌 듯 웃었다.

"누가 널 죽인다고 했냐. 벌을 준다고 했지."

"왜 이러는 거예요. 내가 누군지 몰라요? 나는……."

그녀의 발목을 밟았다.

"꺄아아악!"

고통스러워하는 이실로네의 발을 완전히 얼려 버렸다.

얼음이 되어버린 자신의 발을 보며 절망하는 그녀는 고통과 충격에 곧 미쳐 버릴 것만 같은 얼굴이었다.

나는 늘 그랬던 것처럼 그녀의 정신력을 강화시켜 주었다.

어쩌면 한쪽 다리를 잃어버린 채 사는 것이 더 고통스러울지도 모르겠다는 생각이 들었다. 나는 그녀의 다리를 영원히 얼려 버릴까 생각했지만 그것은 너무 가혹한 것이었다.

그녀가 영원히 한쪽 다리를 쓰지 못하도록 망가뜨렸다.

그리고 그녀의 옷을 모두 벗겨 왕국으로 돌아가는 동안 수치심을 느끼게 만들도록 했다.

고개를 푹 숙인 그녀가 안쓰럽다기보다는 이로 인해 발생될 백작가의 공격이 조금 귀찮아질 거라는 염려만이 머릿속을 채울 뿐이었다.

"평생 나를 증오하고 원망해라. 두 다리를 못쓰게 만들지 않은 것은 한쪽 다리를 절며 추악하게 걷는 네 모습을 상상하기 위해서이며, 영원한 고통을 주지 않은 것은 그대가 단지 귀족가의 나약한 여인에 불가하기 때문이다. 화려한 것은 너에게 어울리지도, 가당치도 않아."

그 말을 끝으로 스쳐 지나가는 나에게 그녀가 물어왔다.

"장 얀느는 살아 있나요?"

체념한 목소리였다.

무섭도록 낮은 그 목소리에 나는 나도 모르게 거짓말을 해버렸다.

"죽었다."

그녀가 화들짝 놀라며 고개를 들었다.

"네가 기억해야 할 것은 장 얀느가 아니라 증오의 대상인 나라는 것을 잊지 마라."

"바보 같은 사람."

안 좋은 기분이 들었다.

고개를 뒤로 돌렸을 때 이미 그녀는 죽은 병사의 창날을 맨손으로 잡고 있었다. 손목에 흐르는 붉은 피를 보는데 왜 복수의 대상이었던 그녀 때문에 가슴이 찌릿해지는 것일까.

"나 같은 고귀한 여인이 이런 삶을 멀쩡히 살아갈 거라고 생각했나요? 천국에서 당신을 저주하도록 하죠!"

푸우우욱—

절명(絶命).

나는 이를 꽉 깨물며 몸을 돌렸다.

피하지 않고 길을 건너기 위해선 수많은 인간의 목숨이 필요하다는 것을 방금 알았다.

하지만 왜일까.

지금 내가 저지르고 있는 짓이 너무도 쓸모없는 죄악의 만행인 것을 알면서도 멈출 수가 없는 것은.

여러 의미의 슬픔이 복합적으로 느껴졌다.

"영웅은커녕 정말로 악인이 되어버리고 말았어."

자조적인 쓴웃음이 지어졌다.

나는 항상 꿈꾸었던 것과는 다른 방향으로 나아가고 있다는 현실에 자괴감을 견디기 힘들었다.

늘 이렇듯 잔혹한 길을 걸어야만 하는 것은 아닌지 불쑥 두려워졌다.

나는 슬픈 얼굴로 웃었다.

"유명한 악인으로 흔적을 남기는 것도 나쁘진 않을 거야."

흔적이라는 것에 늘 집착해 왔었다.

그리고 앞으로도 난 흔적이라는 것에 허우적거리며 살 테지.

나는 털썩 무릎을 꿇었다.

눈앞에 쓰러진 시체들을 보니 쏟아지는 슬픔을 감내할 수 없었다. 두 손으로 얼굴을 감쌌다. 내가 무슨 짓을 저지른 것인가.

아아, 참혹한 인생이여.

무서운 삶이여.

두려운 세상이여.

오열하는 내 옆으로 누군가가 걸어왔다.

"인간은 늘 후회하는 동물. 네놈도 어쩔 수 없는 인간이군."

눈물로 범벅된 눈으로 목소리의 주인을 보았다.

"록 켄드……."

셀 수 없는 시간을 영위해 온 그가 지금 이 순간 너무도 크게 느껴졌다.

"여긴 어떻게……."

"우선 밥이나 먹으러 가지. 배고파."

터벅터벅 걸어가는 그의 등이 왠지 모르게 무겁다고 느꼈다.

"파괴와 증오는 잠시 접어둬. 세상이 널 알아주든 알아주지 않든 그건 중요하지 않아. 네 스스로가 어떠한 길을 걸었는지를 기억하는 게 가장 중요한 거라고 난 생각한다."

한없이 무거운 발걸음으로 록 켄드의 뒤를 따라 걸었다. 등을 비추는 석양이 마치 하나님의 눈빛처럼 느껴져 도저히 어깨를 펼 수 없었다.

죄인이 하나님 앞에 어찌 고개를 들겠는가.

나 역시 한없이 감정 앞에선 나약한 인간인 것을.

식당에 도착해 테이블에 앉았다.

가게 내부에는 아무도 없었다.

개미 한 마리 보이지 않을 정도로 한산했고 고요했다.

적막함마저 들 정도였다.

마법사라는 소문 때문인지 주인은 식은땀을 줄줄 흘렸다. 그런 주인이 덜덜 떠는 손으로 쟁반에 받쳐 음식을 내어올 때 손님 하나가 더 들어왔다.

"아… 델 키오르. 오랜만이네."

록 켄드가 반가운 듯 인사했다.

델 키오르는 그런 그를 무시하며 내게로 걸어왔다. 내 옆 자리에 앉은 그는 미리 시켜놓은 70도짜리 고도알콜주를 벌 컥벌컥 마셨다.

보는 이가 눈을 찌푸릴 정도였다.

저 술을 저딴식으로 먹어버리면 성대가 다 타버려서 남이 나질 않을 텐데. 뭐 브로크웨이니까 상관없을지도.

"귀신같이 찾아냈잖아. 여긴 어떻게 왔어?"

내 물음에 그는 아무렇지도 않게 대꾸했다.

"이곳의 모든 술집을 돌아다녔다."

나는 고개를 끄덕였다.

"그보다 오늘 같은 날 술이 빠질 순 없지."

록 켄드가 낄낄거리며 웃었다.

"술 맛도 모르는 애송이 주제에."

좀 머쓱해졌다.

"점점 알아가는 중이지."

잔에 술을 따랐다.

투명한 액체가 졸졸 작은 잔에 가득 찼다.

나는 술잔을 들었고 록 켄드와 델 키오르는 술병째로 들었다.

꽤나 차이(?)가 나는 건배였다.

그렇게 얼마나 마셨을까.

상당히 취기가 올랐다.

얼굴이 붉어지고 시야가 흐릿해졌다.

그래도 입이 꼬일 정도까지는 아니었다.

"로크."

델 키오르가 내 이름을 불렀다.

그를 쳐다보자 그 짙은 흑색의 눈과 마주쳤다.

"내가 왜 그대를 도와주었는지 알고 있는가?"

"내 심장을 위해서잖아."

그는 웃으며 고개를 저었다.

"아니. 처음엔… 그래, 그랬었어."

"지금은 아니라는 소리군. 뭐야, 내 심장에 흥미가 떨어졌어?"

그는 완전히 죽어버린 눈빛으로 창밖을 보았다. 창 너머로는 붉은 노을이 아름답게 건물을 드리우고 있었다. 곧 어둠이 올 것이다.

처음 델 키오르를 보았을 때는 정말 엄청난 브로크웨이였다. 그런데 시간이 지나고 이런 순간도 찾아오는군.

삶은 정말이지 평행선이 될 수 없다.

"그대의 심장을 흡수하는 방법을 아직 몰라. 그래서 그 방법을 알아낼 동안 그대와 함께 있으려 하는데. 어떻게 생각하는가?"

"미친 거 아냐?"

록 켄드가 배를 잡고 웃었다.

델 키오르도 웃었다.

"하지만 흡수할 수 있는 방법을 알아낸다고는 해도 어차피 나는 지금 그대를 이길 수 없으니까. 함께하는 것도 나쁘지 않을 것 같아서 하는 말이야."

델 키오르는 씁쓸한 미소를 지으며 술병을 살짝 흔들었다. 그리곤 독주를 단숨에 들이켰다. 중후한 이미진데 웬만한 젊은 놈들보다 멋지게 마신다.

아, 이게 그 세월의 포스인가.

아무튼.

"그럼 한 가지 부탁할게."

그가 의아한 눈빛으로 나를 보았다.

"……?"

"되도록이면 나를 제어해 줬으면 좋겠어. 요즘 왠지 나사가 풀렸다고 해야 하나. 자칫하면 버서커가 돼버릴 것같이 불안해."

델 키오르가 미소 지었다.

"그러지."

쿠웅.

록 켄드가 테이블을 양손으로 치며 일어났다.

"중대 발표가 있다."

"뭔 소리야, 중대 발표라니. 너무 갑작스러운데?"

"좀 안 좋은 소식이다."

나는 그가 말을 질질 끄는 게 귀찮아져서 손을 휘휘 저었다.

"빨리 말해봐."

"마왕이 부활했다."

나는 눈을 끔뻑거리다가 입을 열었다.

"뭔가 옛날 동화 속 이야기 같군."

"파멸의 시대가 올 거야."

"인간은 홀로서는 한없이 약하지만 뭉치면 위대하다. 결국 누군가 정의를 이룩하겠지."

"그 누군가는 바로 내가 되어야 한다는 걸 잊었어?"

꽤 진지해져서 그 기세가 실로 조금 무서울 정도다. 내가 아무리 이클레이드를 넘어섰다고 해도 사실 록 켄드라면 장담할 수 없다. 아니, 패배할 확률이 훨씬 높다.

"알았으니까 좀 진정하고 앉아."

그는 테이블을 손으로 쿵쿵 두드리며 초조해했다.

"90일이 지나면 완전체가 될 거야. 그럼 끝이라고. 그전에 소멸시켜야 한다."

멀뚱멀뚱한 눈으로 바라보는 내게 록 켄드가 싱긋 웃으며 말했다.

"도와줄 거지?"

"글쎄."

그가 벌떡 일어나며 눈을 찢어질 듯 떴다.

"분명 도와줄 거라고 했었잖아!"

기억이 가물가물했다.

"그… 그랬나?"

"그래!"

뭐, 그렇게 진지해질 것까지야…….

"차차 생각해 보자고."

내 설렁설렁한 말에 록 켄드가 인상을 팍 찡그렸다.

"생각할 게 뭐 있어. 네놈이랑 이 몸이 힘을 합치면 그리 힘들지 않게 해치울 수 있을 거다. 간단한 거라고."

나는 이마를 긁적이며 한숨을 내쉬었다.

"마왕이 동네 개 잡는 거랑은 차원이 좀 다르잖아."

그는 팔짱을 끼며 다리를 꼬았다.

"흥! 부활 전에는 확실히 개만도 못한 수준이지."

비아냥거리는 꼴 하고는.

나는 조용한 곳에서 집이나 짓고 살 생각이었는데. 갑자기 마왕 퇴치 작전에 끌어들이려 하다니.

아, 괜히 뒷골이 뻐근해져 오는 것 같다.

그때 델 키오르가 처음으로 록 켄드에게 입을 열었다.

"그런 개만도 못한 마왕을 왜 혼자선 못 잡는 건가?"

"풉!"

웃음이 입을 비집고 흘러나왔다.

그래, 틀린 말은 아니지.

입을 막고 있는 나와 델 키오르를 번갈아 보던 록 켄드는 이를 바드득 갈며 허리춤에 달린 창 쪽으로 손을 가져갔다. 진심이 아니란 걸 알면서도 솔직히 꽤나 섬뜩했다.

"그만 그만. 장난으로라도 여기 기물 파손하면 장사에 얼마나 큰 장애를 주는지 알아? 조용히 술이나 마시자고."

아나나 다를까 꽤 멀리서 노심초사 흘깃흘깃 우리를 바라
보는 주인장의 눈빛은 안쓰러워 보였다. 여기에 손님이 없는
건 가만히 생각해 보니 우리 탓일지도 모르겠다는 생각이 들
었다.

뭐, 어쩔 수 없는 거겠지. 그런 걸 일일이 생각하며 살다간
술 한잔 편히 못 마시는 인생이 되고 말 테니.

"1:1로 붙어서 진다고 생각하진 않는다. 다만 시간이 문제
지."

록 켄드는 자신만만하게 그렇게 말했다.

확실히 능력 면에 있어서 록 켄드는 정말 말도 안 될 정도
로 강하다는 것은 인정한다. 그런데 시간? 대체 어떤 시간을
말하는 건가.

"무슨 소린지 잘 모르겠는데?"

내가 고개를 갸웃거리자 록 켄드는 입술을 씰룩거렸다.

"이런 멍청한 놈. 이 몸이 마왕을 상대할 동안 잔챙이들을
처리하란 소리야."

"아하. 그런 거군."

"뭐가 아하냐. 본래의 뜻은 그거였지만 꽤 더 좋은 능률이
오를 만한 사실을 알아냈다."

"뭔데?"

그는 거만하게 웃었다.

한 대 때려주고 싶은 미소였다.

"바로 네놈이 마법으로 마왕을 묶고 내가 공격해 들어가는 거지."

"그럼 네가 말한 잔챙이는?"

그는 턱짓으로 델 키오르를 가리켰다.

"과연."

내가 고개를 끄덕일 때 델 키오르는 천천히 고개를 저었다.

나와는 완전히 반대되는 행동.

"그런 시답잖은 일에 가담할 생각은 없다."

"하! 뭐라?"

다시 한 번 살기가 붉어지는 것 같아 나는 록 켄드를 진정시키려 했는데 이번엔 델 키오르조차 검에 손을 가져가고 있었다. 하여튼 저 두 성질머리들 하고는.

"제발 어린애처럼 굴지들 말아줬으면 좋겠……."

말을 끝까지 이을 수 없었다.

델 키오르와 록 켄드의 시선이 서늘했다.

"주… 주인장!"

내 부름에 쏜살같이 달려온 주인장이 굽신굽신거리며 내게 다가왔다.

"무슨 일이십니까?"

"여기에 동료들이 묵고 있는 걸로 아는데."

주인장은 잠깐 생각하더니 손바닥을 주먹으로 탁 치며 말했다.

"아, 그 인간 하나와 엘프, 그리고 무시무시하게 생긴 오크를 말하는 건가요?"

무슨 음식처럼 말하는군.

"맞아요."

"……?"

"아, 데려오세요."

"예, 알겠습니다!"

후다닥 달려가는 그의 뒷모습을 보는데 꽤나 초라해 보인다. 상당히 넓은 데도 불구하고 여긴 종업원도 없나라고 생각하던 차에 문에 걸린 종이 하나를 발견했다. 바람에 펄럭이더니 그 종이가 반대로 뒤집혔는데 그 종이에 적혀 있는 글자를 본 후 내 뺨엔 식은땀이 한 줄 흘러내렸다.

정기휴일.

"이거 좀 미안해지는군."

"크큭. 인생이 원래 강한 자 앞에선 한없이 작아지는 게 아니겠어. 뭐, 이 몸은 태어날 때부터 지존이었지만 말야. 우하

하하!'

왠지… 조금 방정맞아진 것 같다.

그 절대지존의 포스는 다 어디로 간 건지.

하지만… 차가울 땐 한없이 차가운 게 록 켄드다.

인간의 감정이 아니야.

명확하다. 무서울 정도로…….

그것이 진정한 록 켄드.

어느 쪽으로 생각해 봐도 부러운 부분임은 틀림없다.

저런 마인드라면 분명 생각과 마음이 편안할 게 틀림없을 텐데 자괴감이나 절망감 같은 건 잘 모르고 살아왔겠지. 아니, 어쩌면 나보다 훨씬 큰 절망감과 싸워왔을지도 모른다.

그는 어떤 면에선 인간보다 월등한 존재.

아아, 혼란스럽군.

정말 나란 인간은 멍청하기 그지없다.

아예 생각을 말아야겠어.

"여어~ 로크님, 살아 돌아오셨군요."

저놈의 말투하고는.

베놈이 계단을 내려오며 반가운 듯 웃었다. 그러나 그 웃음이 달갑지 않아.

"꼭 죽기만을 바란 것 같은 어감이군."

"크허허허! 그럴 리가요."

베놈이 너스레를 떨며 옆으로 다가왔다. 장 얀느와 에아르웬은 보이지 않았다. 어디로 갔지? 내 시선을 받은 베놈이 눈치 빠르게 대답했다.

"장 얀느는 공부할 게 있다면서 책 보고 있습니다. 에… 또 에아르웬은 잠시 바깥에 볼일이 있다면서 나갔구요."

"아아, 그래. 나 같은 건 안중에도 없었구만."

"크헐헐. 조금 그렇기도."

"어이."

"아닙니다."

내 표정이 굳어지자 베놈이 시선을 돌렸다.

저놈은 그러니까 눈치가 너무 빠른 게 탈이라면 탈이다. 그래서 재밌긴 하지만 뭔가 저 눈치가 위험한 무언가를 예고하는 것만 같아서 섬뜩한 적이 한두 번이 아니었다.

드르륵.

델 키오르가 불쑥 의자를 밀고 일어났다.

"잠깐 나갔다 오지."

록 켄드가 껄렁껄렁한 자세로 물었다.

"어디 가는 거냐?"

"당신이 알 바 없다."

"저놈이 정말."

록 켄드를 완전히 무시하며 밖으로 나가는 델 키오르.

저 둘 사이는 누가 보면 앙숙이라고 봐도 무방했다. 그래도 뭐 저런 식으로 친해질지도 모르지. 어떻게 보면 코드가 비슷하기도 하니까.

"대장간에 가는 모양이야."

음식을 먹으며 록 켄드가 말했다.

그건 대체 어디서 나오는 확신인 거야.

대장간이라. 그래, 아까부터 칼을 자꾸 만지작거리던데. 칼날이라도 상한 건가?

"그건 그렇고……."

록 켄드가 수저를 놓았다.

뭔가 의미심장한 말이라도 할 태세처럼 보였다.

또 뭔 소리를 하려고…….

"지금 이 순간에도 수많은 몬스터들이 바이슨 왕국의 성문을 두드리고 있지. 즉, 몬스터와 인간의 공성이 시작된 거야."

"마왕도 도착한 건가?"

"내 생각엔 그건 아닌 것 같다. 녀석이 부활한 본거지에서 바이슨 왕궁의 입구까지 오는 데 걸리는 시간은 약 3일."

"그렇게나 먼 곳에 있나?"

"아니. 단순히 걷는 속도가 느린 거야. 덩치는 약 30피르 정도이며 생긴 건 꼭 액체가 인간의 형태를 한 것처럼 생겼지."

상상하기가 싫었다.

마왕이 그따위로 생겼다는 소리는 어디서도 들어본 적이 없어.

"그보다 대체 마왕이 바이슨으로 오는 이유가 뭐야?"

록 켄드의 눈이 번쩍거렸다.

"바이슨으로 오는 것이 아니라 바이슨을 거쳐 가는 것일 뿐이다."

"아… 그렇군."

물어본 쪽에서 괜히 얼굴이 붉어졌다.

록 켄드의 말대로 아주 간단한 이유였다.

"그 마왕은 어디로 향하는 거지?"

"완전한 부활을 위해선 바이슨 너머에 있는 에크레이시안 산맥, 그곳에 부활을 위한 무언가가 존재한다."

"그 무언가가 뭔지는 모르는 모양인데. 마왕이라는 놈. 상당히 지능이 떨어지나 보군. 굳이 바이슨과 부딪칠 이유가……."

록 켄드는 고개를 저었다.

"바이슨 왕국에 마왕에게 필요한 물건이 있다."

"그렇다면야 이해가 가는군."

"게다가 마왕이 바이슨의 물건을 획득한다면 상황은 더욱 악화되어 버린다."

"놈이 강해지는 건가?"

그는 고개를 끄덕였다.

이야기가 꽤나 진지해져 버려서 입이 바짝 말랐다.

시간이 지나 미지근해져 버린 물을 벌컥 원샷으로 마셨다. 이제 조금 쉬어볼까라고 생각했는데 생각지도 못하게 마왕 퇴치 작전에 휘말리게 되었다.

내가 돕지 않겠다고 하면 상황은 더 귀찮게 될 게 틀림없었다. 계속 날 따라다니며 쫑알쫑알거리거나 저 거대한 창으로 나를 두 쪽으로 갈라 버리겠지.

"크릉. 도무지 모를 소리들만 하고 있군. 마왕 잡으러 갑니까?"

베놈의 물음에 나는 고개를 끄덕였다.

"아마도."

기가 막힌 듯 날 멍하니 바라보던 베놈이 고개를 설레설레 저으며 일어났다.

"넌 또 어디 가?"

"에아르웬이 돌아올 때가 됐는데 아직 안 오는 걸 보니 찾아봐야겠습니다."

"그동안 꽤 친해졌나 보군."

"그게 아니라, 뭘 사는지 제게 돈을 빌려갔는데 혹시나 과다하게 돈을 쓰고 있는 건 아닌지 걱정이 돼서요."

나는 눈을 동그랗게 떴다.

"넌 돈 어디서 났어?"

베놈이 얼굴을 확 찡그렸다.

못생긴 얼굴 찡그리니 진짜로 무섭다, 인마.

"제가 훔쳤다고 생각하십니까?"

"그게 아니라, 너 같은 경우는 돈벌기가 좀 힘들잖아."

"장 얀느랑 같이 왕궁에서 일했습니다."

왕궁에서 할 일이라.

"어떤 일?"

"뭐, 그냥 노동이지요. 이런저런. 그보다 빨리 나가봐야겠습니다. 혹시 돈이라도 도둑맞은 거 아닌지 모르겠군. 크릉!"

상당히 초조한 얼굴로 뛰어나간 베놈은 돈에 관해서는 아주 철저한 듯했다. 최초의 오크 상인이 될지도 모르겠어.

"저놈은 볼 때마다 신기하단 말야. 인간의 말을 저렇듯 능숙하게 쓰는 것도 웃기고. 조물주의 실패작인지 성공작인지. 크큭."

"난 네가 더 웃겨."

"뭐라?"

"농담이다, 농담."

눈에 쌍심지를 켜는 그에게 의자를 바짝 당겨 앉곤 진지하게 물었다.

"록 켄드, 한 가지 궁금한 게 있다."

"뭐냐?"

"네가 보기엔 난 얼마나 더 성장할 수 있을 것 같아?"

"힘의 기준을 말하는 거냐?"

내가 고개를 끄덕이자 그는 입가에 의미 모를 미소를 걸었다.

"뭐냐, 그 표정은."

"마왕을 잡으러 가면 그 결과로 네 궁금증은 풀리겠지."

네놈은 어떻게든 이쪽으로 끌어들이려는 수작을 부리는구나. 너무 눈에 뻔하잖아. 얼굴 두꺼운 놈. 하지만⋯ 가만히 생각해 보니 틀린 말은 아니구나.

나는 내가 얼마나 더 성장할 수 있는지 궁금했다.

지금보다 더라면.

과연 어느 정도의 수준일까.

사탄의 힘을 소환했던 그 짜릿한 순간.

분명 또렷하게 기억하고 있었다.

그 때문인지 마왕을 잡으러 간다는 생각에 가슴이 두근두근거려 왔다.

머리 위에 팔을 얹고 침대 위에 누워 있었다.

창문 사이로 시원한 바람이 기분 좋다.

마음까지 시원해지는 느낌에 취해 있을 때 누군가 문을 두드렸다.

"누구야?"

"베놈입니다."

"들어와."

끼이익—

문이 열리고 베놈이 어슬렁어슬렁 들어왔다. 그런데 뭔가 이상했다. 들어왔으면 무슨 행동을 하거나 말을 해야 할 텐데 가만히 멈춰 서 있는 베놈은 마치 죄를 진 것만 같은 모습이었다.

고개를 푹 숙이고 엉거주춤 서 있는 그는 방금 전의 상쾌했던 기분을 완전히 잡치고 있었다.

"뭐야, 너?"

"드릴 말씀이 있습니다."

나는 인상을 찡그리며 손으로 의자를 가리켰다.

"일단 앉아."

거북이처럼 천천히 의자에 앉은 그는 여전히 얼굴을 들지 못하고 있었다.

"왜 얼굴을 못 들어, 이 자식아! 잘못을 했으면 빨리빨리 이야기하고 돌이킬 수 없는 거라면 그건 넘어가면 돼. 답답하게 굴지 마라, 베놈."

"그것이……."

"베놈!"

그가 이런 적은 단 한 번도 없었다.

도대체 얼마나 큰일이기에 이런단 말인가.

무섭다기보다 짜증이 났다.

어떤 일이기에 내 앞에서 이토록 망설이며 괴로워하고 있
단 말인가.

의자에서 일어난 베놈이 품에서 종이를 하나 건넸다.

그것은 아주 낡은 종이였다.

누렇게 변질된 것이 꽤 오래된 것 같았다.

나는 종이를 흔들며 물었다.

"뭐야, 이거?"

"읽어주십시오."

평지 봉투의 겉엔 아무런 글자도 쓰여 있지 않았다. 나는
덤덤하게 봉투 안에 들어 있는 편지로 보이는 것을 꺼냈다.

웬 편지 하나로 이렇게 호들갑을 떨어.

나는 편지지를 펼쳤다.

TO. 로크

내 풀네임.

이클레이드 폰 네이어서스.

이 글을 볼 때쯤이면 아마 난 지옥에 와 있겠구나.

아마 날 많이 미워하고 있겠지.

그동안 힘들었을 것이다.

외롭고 괴로웠고 나를 증오하며 살아왔겠지. 하지만 이 편지를 읽을 때쯤엔 조금은 네 마음이 나의 진실에 와 닿았으면 좋겠구나.

브로크웨이는 분명히 실패작이다. 그리고 네 심장이 브로크웨이를 인간으로 복원시키는 것에 일정한 확률이 있다는 것도 사실이었어. 하지만 나에게 너는 물론이며 내가 만든 브로크웨이들도 모두 자식 같은 제자였음을 믿어다오.

내가 이 글을 쓰는 것은 너에게 용서받자는 것이 아니다.

어쩌면 이 글이 너를 더 힘들게 할 수도 있겠지만 이 편지를 쓰는 진짜 이유는 네가 언제까지고 사람을 믿지 않는 그런 아이가 되지 않기를 바라면서 쓰는 글이니 끝까지 읽어주었으면 좋겠구나.

사실 모든 것은 계획된 것이었다.

네가 날 증오하게 만든 것도.

아직 살아 있는 반을 키메라처럼 보이게 만든 것도 말이다.

무한한 삶을 영위하는 방법.

그런 것은 존재하지 않아.

그 어떠한 것으로도 정해진 운명의 수명을 연장할 수는 없단다. 나는 이제 더 이상 이 더러운 수명을 연명하기엔 너무 많은 시간이 흘렀으며 내 수명이 얼마 남지 않았다는 것 또한 알고 있단다.

처음엔 단순히 제자를 기르자는 마음에서 시작된 마음이 욕심에 욕심을 더해 브로크웨이라는 슬픈 생명체를 만들어내 버리고 말았지. 지금의 너를 키워내기까지 수많은 희생자가 있었다.

그것을 결코 부정할 생각은 없어.

다만 네게 바라는 것은 이제 단 한 가지뿐이란다.

인류가 멸망될 수 있는 이 대륙의 위기를 구할 수 있는 것은 내가 아니라 바로 너, 로크뿐이란다.

정체를 알 수 없는 거대한 마력의 기류가 한곳으로 모여들고 있다. 그것의 성질이 마계 쪽임은 판단했지만 정확한 것은 잘 모르겠더구나. 그러나 그 생명체가 눈을 뜰 때 얼마나 큰 파장이 전 대륙에 미칠지는 굳이 상상하지 않아도 끔찍한 결과가 될 것이라는 것 정도는 알겠더구나.

네가 날 뛰어넘는다면 아마 너는 세상을 구할 수 있는 영웅이 될 수 있을 것이다.

그리고 영웅이 된다면 많은 것을 보상받을 수 있을 것이야.

모든 이가 존경하는 대륙의 영웅이 될 것이 틀림없다.

많은 이가 너를 사랑하고 동경할 것이다.

지금의 네가 이토록 강해지게 될 때까지, 그리고 네가 이 편지를 읽을 수 있을 때가 될 때까지 내가 주지 못했던 마음의 눈빛과 표정, 그리고 목소리를 들려주지 못한 것을… 염치없지만 용서해다오.

나로 인해서든 어떻게든 너도 많은 잘못을 저질러 왔을 테니.

아마 너와 나의 재회는 지옥에서 이루어지지 않을까 싶구나.

그때… 못다 한 잘못을 빌도록 하겠다.

From 뛰어난 연기자 이클레이드.

손톱을 물어뜯었다.

감정이 제어되지 않았다.

눈시울이 붉어지고 가슴이 터질 것처럼 미어져 왔다.

눈동자의 초점이 사정없이 흔들렸다.

"이걸… 이걸 나보고 믿으라는 소리냐, 베노옴!"

편지지를 집어 던지는 나를 보며 그가 무릎 꿇었다.

"저 역시 로크님에게 이 사실을 숨기는 것이 죽기보다 힘들었습니다. 하지만… 대의를 위한 길이라기에."

"대의… 대의라……."

나는 미친 사람처럼 웃었다.

목이 메어와 숨까지 막히는 것 같았다.

베놈이 깊숙이 가라앉은 목소리로 애원하듯 말했다.

"진정하십시오, 로크님."

진정될 리가 없잖아, 이 자식아.

만약 이 편지가 사실이라면 그는 세상에서 가장 위대한 연기자일 것이다.

어찌 그런 연기를 펼칠 수 있단 말인가.

그렇게 무심하고 그렇게 잔인했고 그렇게 무서웠던 사람인데. 그 인간이 어떤 사람인데 이 편지의 진실을 받아들이라는 건가!

베놈은 쥐어짜는 듯한 비명을 지르며 뒹구는 나를 안타까운 눈빛으로 바라보았다.

"이미 주어진 운명입니다. 그리고 이제 막 그 운명의 끝이 시작되려 하고 있습니다. 마음을 굳게 먹으셔야 합니다."

이를 꽉 물고 어떻게든 마음을 진정시키려 해봐도 미쳐 버릴 것 같은 감정은 고삐가 풀린 망아지처럼 진정될 기미가 보이지 않았다.

이미 내 감정은 폭류에 휩쓸리는 난파선이었다.

폭포처럼 쏟아지는 눈물을 막을 길이 없었다.

"사람을 믿으라고? 누구 때문에 내가 이렇게 됐는데. 왜 이제 와서! 왜! 왜 이제 와서!"

무릎을 꿇고 울부짖었다.

처음부터 이러지 않았어도 난 강해질 수 있었을 거야.

강해질 수 있었을 거란 말야!

이렇게 상처를 주지 않았어도 이렇게 아프지 않았어도. 나는 마법체계로 강해질 수 있었을 거란 말이야!

"크흐흑."

입을 비집고 삐져 나오는 울음소리가 과거를 모두 찢고 있었다. 지금 소리치는 이 통한의 울음소리는 내가 살아온 삶 중 가장 긴 통곡 소리였다.

4

뜨거운 알코올이 목구멍을 타고 흘러내려 갔다.

풀려 버린 눈동자가 초점을 맞추지 못하고 이리저리 흔들렸다. 나는 내 스스로가 망가져 버렸다고 인지하고 있었다.

도무지 현실을 이겨낼 수 없는 까마득한 절망감이 내 정신을 지배하고 있었다.

충혈된 눈에서 계속해서 눈물이 흐른다.

죽을 것만 같았다.

너무 마음이 아파서 죽을 것만 같았다.

바람처럼 다가온 이 가벼운 종이 한 장이 내 마음을 완전히 찢어버렸다. 편지를 건넨 베놈을 원망하고 싶었다. 전해주지 않았어도 되었을 텐데라고…….

처음 스승님이 나를 데려왔을 때, 그리고 마법을 배우는 시절이 주마등처럼 머리를 스치고 지나갔다. 나를 가르칠 때 스승님의 모습이 선명하게 떠올랐다.

그때의 기억들은 너무도 잔인한 칼이 되어 내 마음을 난도질했다.

내 아버지인 셈이었다.

스승님은 내 아버지인 셈이었다.

내 손으로 아버지를 죽여 버린 것이다.

이 감당할 수 없는 현실을 어찌 감내하고 이겨내라는 것이었을까. 뜨거운 알코올이 내 목을 태우고 정신이 혼미해져도 계속되는 마음의 고통이 나를 놓아주질 않았다.

술독에 빠진 지 얼마나 되었을까.

날짜와 시간을 확인했다.

정확히 하루 하고도 반나절.

시간은 이렇듯 어김없이 흘러간다.

내가 말했던 대로 이것은 돌이킬 수 없는 과거였다. 과거에 매여 있는 것은 바보 같은 짓이다.

어차피 스승님이 계획했고 이미 마음을 먹고 시작했던 일이다. 그 계획의 일부는 완전히 성공했다. 나를 이토록 강하게 만들었으니까.

그리고 이 세상을 지킬 수 있는 힘을 주었으니 그 힘으로 세상을 막으라는 유언이었다. 이렇게 피폐하게 지낸다고 해서 세상을 막을 수 있는 것도 아니고 죽어버린 스승을 살려내서 직접 원망할 수도 없는 노릇이었다.

나는 텁수룩하게 자란 수염들을 잘라냈다.

세수를 하면서 썩어버린 눈을 씻어냈다.

명백히 내 잘못이 아니었다.

아니, 오히려 나는 칭찬받아야 마땅했다.

당신의 염원대로 나는 이렇게 성장했으니까.

지옥에서 지켜봐. 이 제자가 얼마나 유명한 영웅이 되는지를 똑똑히 지켜보란 말이다.

"이 한심한 노인네야……."

나는 어금니를 꽉 깨물고 눈을 감으며 고개를 숙였다.

Chapter 46
잿빛 눈동자

해가 저물어 완전한 밤이 되었다.

신선한 공기를 마시고 싶어서 식당에서 나왔다. 이제 거의 겨울이 다 되가는지라 밤 공기가 꽤 차가웠다.

왜 이렇게 늦어.

베놈이 찾으러 간다고 했는데 이렇게 늦는 걸 보면 무슨 일이 생긴 건 아닌지 걱정이 되었다. 그래서 그냥 간단히 주위를 둘러볼 요량으로 걷기 시작했다.

여기는 좁은 골목길 사이에 있는 가게였다.

약간 빈부의 차가 느껴지는 곳이었는데 심한 악취가 나고 무너지진 않을까 걱정되는 허름한 곳은 아니었다.

오히려 사람 냄새 나는 곳이었다.

단, 오늘 일어난 살인 때문에 사람들이 바깥출입을 철저히 자제하고 있어서 한산하긴 했지만 말이다.

차가운 공기에 조금은 졸리던 잠이 깨었다. 얼굴을 부비적거리며 걷고 있었는데 멀리서 한 여자가 걸어오고 있었다.

"에아르웬인가?"

좀 더 가까이 걸어가 보니 그녀의 얼굴을 확인할 수 있었다.

에아르웬이 걸어오고 있다.

달빛을 등지고 걸어오는 그녀의 모습에 가슴이 두근거렸다.

그녀도 나를 발견했는지 걸어오던 걸음이 멈칫거렸다.

민망하다고 해야 하나 부끄럽다고 해야 하나.

정말이지 곤란한 느낌.

이런 상황은 처음이었다.

왠지 얼굴까지 화끈해졌다.

내가 손을 흔들자 그녀가 조금은 수줍은 모습으로 걸어왔다.

"그동안 바깥에서 뭐 하고 다녔던 거예요?"

그녀는 선뜻 대답을 못하고 허둥거렸다.

나는 짧게 한숨을 내쉬고 몸의 방향을 틀었다.

"일단 동료들이 있는 곳으로 돌아가죠."

걸음을 옮기던 나는 발자국 소리가 들리지 않아 뒤를 돌아보았다.

"에?"

에아르웬이 바닥에 주저앉은 채 얼굴을 감싸 쥐고 있었다. 뭔가 엄청난 일이라도 터진 것 같아 마음이 조금 불안해졌다. 그녀의 가냘픈 어깨를 잡아 일으켜 주었다.

뺨 위로 흐르는 투명한 액체를 보고 나는 등골이 서늘해졌다.

어깨를 토닥거려 주며 나는 극도의 긴장 상태에서 질문을 던졌다.

"무슨 일이에요, 에아르웬."

입을 꾹 다물고 대답하지 않는 게 아주 현기증을 유발시키는구나. 지금까지 겪어온 일이 얼만데 그리 충격적이진 않겠지. 다소 내 자신에게 내성이 생겼을 거라고 굳게 믿으며 그녀를 독려했다.

"괜찮다니까요. 무슨 일인지 어서 말해봐요."

"그… 그게."

"네, 말해봐요."

"베놈님이 빌려준 돈주머니를 도둑맞았어요."

뭔가 묵직한 돌덩이가 내 머리 위로 떨어진 것 같았다.

엄청난 책임감에 시달렸나 보구만.

방금 내뱉은 대사 이후로 그녀는 내게 아예 얼굴이 보이지 않을 정도로 고개를 숙여 버렸다.

나는 피식 웃으며 그녀의 머리를 쓸어내려 주었다.

"그건 내가 물어줄 테니까 너무 걱정 말아요."

"하지만……."

"평생 다 쓰지 못할 만큼의 돈이 있으니까 이젠 울지 말아요."

그녀의 등을 토닥거려 준 후 나는 그녀의 손목을 잡고 가게로 향했다. 이대로 놔뒀다간 돌아가는 데 걸리는 시간이 엄청나게 소비되어 버릴 것 같았다.

그런데 엄청 부드럽네.

새삼 느낀 거지만 여자란 존재들은 정말 말도 안 될 정도로 부드러운 피부를 가지고 있다. 그래서인지 이클레이드와 싸울 때도 떨리지 않던 손이 고장이라도 난 것처럼 떨리고 있었다.

"저… 로크님."

"네?"

"누가 뒤를 밟는 것만 같아요."

그녀의 말에 나는 고개를 갸웃거렸다.

에아르웬이 느낄 정도라면 나 역시 못 느낄 리가 없는데. 난 집중력을 높여서 내 주위에 마나를 퍼뜨렸다. 하지만 살기 라고는 눈곱만큼도 느껴지지 않았다.

"감시자 정도로 보이네요."

그녀는 고개를 끄덕이며 주위를 두리번거렸다.

그 감시자를 찾으려는 건가?

"아, 찾았다!"

에아르웬은 맑은 음성으로 그렇게 외치더니 어느새 활을 꺼내 재빠르게 시위를 당겼다.

피이잉!

퍼엉!

건물 윗부분 모퉁이가 겨우(?) 화살에 의해 완전히 날아갔 다. 그런데 놀라운 건 정확히 그 위치를 파악해 낸 건지 순간 검은 그림자가 하늘 위로 치솟아올랐다는 것이다.

명중은 아니었지만 정체를 드러내게 만드는 데는 성공한 셈이었다. 그리고 그 정체 모를 그림자가 땅에 착지했을 때 내 표정은 이루 말할 수 없을 정도로 심각하게 뒤틀렸다.

"뭐 하는 짓이야, 영감탱이."

"낄낄. 여전하구나, 그 더러운 주둥이는."

"노인네, 설마 에아르웬의 돈을 훔친 건 아니겠지."

키르젠프는 쭈글쭈글한 얼굴로 능글맞게 웃으며 걸어왔다.

목을 날려 버리고 싶은 웃음이었다.

"내가 고작 그런 푼돈이나 훔치는 노인네로 보였나? 날 완전 쫌팽이로 아는구만."

그의 말도 일리가 있었다.

그가 뭐가 아쉬워서 얼마 안 되는 베놈의 돈을 훔치겠는가.

"하지만… 당신이 변태라면."

"야!"

시뻘게진 얼굴로 입을 쩍 벌리며 소리치는 통에 깜짝 놀랐다.

"노, 농담입니다. 그보다 왜 재수없게 몰래 훔쳐보는 겁니까?"

"습관이 돼서 말이지. 원래 도둑의 가장 기본적인 자질 중하나가 몰래 상황을 파악하는 게 아니냐? 게다가 너희 둘의 모습이 꽤나 그림이기도 했고 말이야."

미소를 짓는 그의 모습이 한 마리의 바퀴벌레처럼 느껴졌다.

"그런데 어쩐 일이십니까. 설마 아무런 이유 없이 찾아왔을 리는 없을 테고."

"장 얀느에게 물어볼 것이 있어서."

"장 얀느의 위치를 알아내기 위해 에아르웬의 뒤를 밟은 거군요. 그런데도 시답잖은 소리를 줄줄 늘어놓고. 엄청나게 뻔뻔한 면상이구만."

"도무지 노인 공경이란 걸 모르는 놈일세. 내 시커먼 속내를 알아냈으면 냉큼 어딨는지 말하지 않고 이 노인네의 속을 뒤집는 게냐!"

나는 귀찮다는 듯이 손짓했다.

"저쪽 왼쪽 모퉁이를 돌아 골목으로 들어가면 이름없는 식당 하나가 있습니다. 거기서 주인장에게 물어보세요. 근데 장 얀느에겐 무슨 볼일입니까?"

"네놈이 알 필요는 없고, 먼저 가보마."

꽤나 급한 것인지 그는 순식간에 자신의 그림자 속으로 들어갔다. 만날 때마다 그랬지만 이 노인네는 정말로 뭔가 태풍이 순식간에 지나간 듯한 기분을 느끼게 만든다.

항상 바람처럼 사라지는 노인이었다.

"휴, 다행이네요. 혹시나 정체를 모르는 적이면 어쩌나 걱정했었는데."

에아르웬은 손으로 가슴을 쓸어내렸다.

한숨을 몰아 내쉬는 그녀는 꽤 긴장했었는지 이마에 땀이 조금 맺혀 있었다. 나는 그녀의 눈을 뚫어지게 바라보았다. 내 시선을 의식한 그녀는 난감해했다.

그런 그녀를 바라보는 내 가슴이 왜 이렇게 무거운 걸까.

"그러고 보니 일전에 했던 말이 기억이 나네."

그녀가 놀란 토끼눈으로 나를 보았다.

"좋아. 이제부터 반말을 하도록 하겠어!"

그녀는 볼을 약간 부풀렸다.

"너무하네요. 예의에 어긋나는 거예요, 그건. 전 적어도 당신보다 몇백 년은 더."

"시간은 중요하지 않잖아. 그게 나이가 되었든 그동안 널 만나왔던 나날들이든 말야. 이렇게… 너와 내가 가슴이 두근 거리고 있는데."

에아르웬의 뺨이 붉게 물들었다.

"지금까지는 알지 못했었어. 사랑이란 게 뭔지. 늘 무언가에 쫓기듯이 살아왔고 상처받아 왔어. 그런데 이제야 알겠어. 네가 처음 나를 치료해 주었을 때부터 내 마음이 너에게로 가버렸다는 걸. 그래서 가능하다면 내가 죽을 때까지 네가 내 옆에 있어줬으면 좋겠어."

그녀의 눈에 눈물이 맺혔다.

다이아몬드 같은 눈이었다.

"저도… 당신을 사랑합니다."

왠지 눈물이 흐를 것 같아 고개를 돌렸다.

"아… 아무리 직설적인 걸 좋아하는 나라지만 확실히 부끄럽네, 이런 건."

등에서 포근한 느낌이 났다.

그녀가 달려와 내 등을 안아준 것이다.

그녀의 체온이… 너무도 따듯했다.

그 느낌을 기억하고 싶어 눈을 감았을 때 우리는 대륙력 323년 첫눈을 맞이했다.

*   *   *

삶은 고상하지 못하다는 속설이 있다. 하지만 그 속설도 사랑을 할 때면 마치 눈이 녹아내리는 것처럼 사그라지는 듯했다.

이른 아침 눈을 떴을 때 새하얀 나신으로 잠들어 있는 에아르웬의 모습은 눈이 부실 정도로 아름다웠다. 창문을 통과한 따스한 햇살이 그녀의 얼굴을 환하게 비추었다.

"정말이지 위험한 모습이군."

어제저녁 그녀와 같이 꽤 늦게까지 술을 먹었는지라 머리가 어지러웠다. 봉룡한 성신으로 침내에서 내려와 욕실로 걸어갔다. 차가운 물을 욕조에 받아 마나로 따뜻하게 데우고 천천히 들어갔다.

촤아악!

몸이 물을 밀어내어 바닥으로 쏟아져 내리는 소리가 시원하게 났다. 피곤함이 욕조 속에서 스르륵 풀려져 가는 것을 느꼈다.

곧 겨울을 준비하는 가을이라 아침엔 차가운 공기가 욕실 안을 가득 채운 상태였다. 숨을 내뱉자 하얀 입김이 나왔다. 그 입김은 바람에 실려 얼굴로 향하더니 두 쪽으로 나뉘어졌다.

스르륵.

부스스한 얼굴로 눈을 뜬 그녀가 상체를 일으키고 있었다. 욕실에서 침대에서 막 눈을 뜬 그녀와 시선이 마주쳤다. 나는 빙긋 웃었고 그녀는 아랫입술을 꽉 깨물며 침대 시트를 얼굴 위로 확 덮어버렸다.

부끄러워하는 모습에 가슴이 두근거려져 왔다.

난 바보처럼 히죽히죽 웃었는데 이런 순간은 갑작스레 두려움으로 다가왔다. 곧 마왕을 찾아가야 한다.

만약 그 과정이나 혹은 마왕과 대치되었을 때 혹 그녀를 잃어버리지 않을까 불안해져 왔다. 또다시 누군가를 잃는 고통은 상상도 할 수 없었다. 더군다나 그게 에아르웬이라면 나는 견딜 수 없을 것이다.

옷을 챙겨 입은 그녀가 욕실로 걸어왔다.

먼저 하얀 다리가 보였고 고개를 들자 우윳빛의 하얀 얼굴이 시야에 들어왔다. 그녀는 호수 같은 눈빛으로 나를 응시하며 다가와 입 맞추었다.

"들어와."

허름한 외관에 비해 욕실이 조금 커서 그녀가 같이 들어와도 무방할 것 같았다. 그녀는 조금 망설이는 듯하더니 이내 옷을 벗고 욕조에 들어와 내게 기대었다.

좋은 향기가 맡아졌다.

그녀의 머리에 얼굴을 파묻고 눈을 감았다.

2

누워 있는 에아르웬을 잠시 바라보다가 옷을 걸쳐 입고 내려왔다. 동료들이 먼저 밥을 먹고 있었다. 나는 조용히 합류해서 수저를 들었다.

내 음식도 미리 준비되어 있었다.

내가 자고 있는 것을 보고 깨우지 않은 모양이다.

뭐, 에아르웬과 같이 누워 있어서 깨우기가 더 그랬을 것이고 아무튼 아침이라 그런지 조용한 식탁이었다.

나는 침묵을 깼다.

넌지시 장 얀느에게 영감탱이의 소식을 물었다.

"키르젠프는 만났어?"

"예."

나는 손수건으로 입을 닦았다.

"무슨 목적으로 온 거였어?"

"죄송합니다."

사람을 민망하게 만드는 재주가 있는 놈이다.

나는 씁쓸하게 웃었다.

"정말이지 비밀이 많은 놈이라니깐."

"도대체가 속을 알 수가 없으니 답답합니다. 저놈이 아군인지 적군인지 아직까지 갈피를 잡을 수 없습니다."

베놈이 투덜거리며 데킬라를 들이켰다.

그는 요즘 술 맛에 빠져 늘 술을 달고 산다. 그가 번 돈으로는 꿈도 못 꿀 정도의 술을 요즘은 진창 마시고 있다. 어차피 쓸 곳도 없는 돈, 내 주머니에 든 금액으로 베놈의 술값을 처리해 주는 것은 조금도 어렵지 않은 일이었기 때문이다.

하지만 베놈이 요즘 너무 술독에 빠진지라 알콜중독자가 될 것만 같아 걱정스러웠다.

그것 말고는 여전한 베놈이다.

모두 식사가 끝나고 자리를 뜰 때쯤 나는 록 켄드를 불렀다.

"할 말이 있어."

그는 동료들을 돌아보면서 물었다.

"나만?"

"그래."

그는 습관적인 모습으로 입술을 쭉 내밀며 고개를 끄덕였다. 동료들이 모두 나가고 록 켄드와 나만 남았을 때 나는 미안한 눈빛으로 그를 응시했다.

"왜 그래, 닭살스럽게? 이 몸은 양성주의가 아니야. 분명히 여성 취향이라고."

나는 피식 웃으며 물을 한 잔 마셨다.

"록 켄드."

"왜 분위기는 잡냐, 기분 나쁘게."

"미안하다."

그가 눈을 동그랗게 떴다.

"뭐가?"

"마왕에게 가는 길, 동참할 수 없겠어."

그의 표정이 납빛으로 굳었다.

"이유는?"

"에아르웬을 위험에 빠뜨릴 수 없다. 그리고 더 이상 동료들을 잃고 싶지 않아."

"무슨 말이야, 그게?"

"넌 마족이다. 감정의 컨트롤이 차갑지. 넌 조금도 우리를 동료로 생각하지 않고 있어. 그렇지 않아?"

그는 대답하지 않았다.

아니, 내 눈엔 못하는 것처럼 보였다.

"의미없는 일에 희생을 하고 싶진 않아졌다."

그가 어금니를 꽉 깨물었다.

"내가! 이 몸이! 나만의 이익만을 위해 너희들을 이용한다고 생각하는 건가?"

"그런 건 아니야. 확대 해석하지 마라, 록 켄드."

"아니긴 뭐가 아니야!"

그가 테이블을 쾅 치며 일어났다.

눈에 살기가 번들거렸다.

당장이라도 창을 꺼내 들 분위기였다.

나 역시 피할 생각은 없다.

나는 그의 눈을 똑바로 응시했다.

"미안하다, 록 켄드."

"이익!"

그는 주먹을 쥐고 부들부들 떨었다. 하지만 곧 화를 삼키고 부리부리한 눈으로 나를 내려다보았다. 그리고 몸을 홱 돌린 그가 던진 말이 내 마음을 긁었다.

"비겁한 놈."

나는 멀어져 가는 그의 뒷모습을 그저 바라볼 수밖에 없었다. 지금 선택한 이 길이 나는 최선이라고 생각했다. 미안한 마음이 가득했지만 어쩔 수 없었다.

더 이상 동료의 피를 볼 수 없었다.

이미 내 마음은 걸레처럼 너덜너덜해져 있었다.

다시 씻어낸다고 해도 이미 밴 얼룩을 완전히 지워낼 수 없는 것처럼 상처는 깊게 자리 잡혀 있었다. 그 상처를 지워낼 순 없어도 잊을 수 있는 시간이 필요했으면 했다.

3

높은 고도.

요즘 난 자주 하늘을 올려다보곤 했다.

푸른 창공을 바라볼 때면 속이 다 시원해져서 가슴속에 담겨 있는 검은 덩어리들이 정화되는 기분이었다.

사랑이라는 감정을 알고서부터 나는 요즘 따라 기분이 너무 좋기도 하고 울적하기도 해서 여러 의미로 복잡했다.

감정에 많이 치우쳐지는 자신을 발견하기 시작하자 빈틈은 속절없이 드러나고 있었다.

생각에도 없던 부모님이 그리움이 되어 찾아든 것이다.

그것은 너무도 까마득한 것이었다.

추억도 없었고 기억할 수도 없었다.

고작 할 수 있는 것이라곤 잔혹한 그리움에 젖어드는 것뿐
이었다. 슬픔에 잠긴 얼굴로 창가에서 고개를 파묻고 있을 때
문을 열고 누군가가 들어왔다.

　나는 괜시리 눈물을 흘리고 있는 게 창피해져서 손으로 급
히 눈물을 닦아내고 깍지 낀 손으로 체조를 하는 척했다.

　"늘 얼음 같던 분이셨는데 여린 부분도 있었네요."

　장 얀느의 목소리였다.

　나는 쓸쓸한 표정으로 하늘을 다시 한 번 올려다보았다. 눅
눅히 젖은 눈물이 자꾸만 시야를 가린다.

　"그러게. 인간은 정말 쉽게 변하는군."

　"쉽게라… 인간은 쉽게 변하지 않습니다."

　"하하. 그럼 어렵게 변한 건가. 벽이 하나 무너지기 시작하
니까 마치 도미노처럼 다른 벽들마저 영향을 받아버린 모양
이야. 그동안 쌓아놓았던 감정의 탑이 우르르하고 말이지."

　"무엇이 가장 슬픈가요?"

　자신의 가방에 들어 있는 오래된 책을 고르며 물어온 장 얀
느의 질문은 차가운 칼이 되어 가슴을 찌르는 것 같았다.

　"그리운 사람."

　"부모님?"

　"나에게는 부모가 없어. 난 버려졌으니까."

　"그렇군요."

장 얀느도 어둠이 드리운 목소리로 대답했다.

"하지만 넌 아니잖아. 키워준 사람은 분명 부모임이 틀림 없다."

그는 대답하지 않았다.

하나의 책을 고른 듯 벽에 기대어 묵묵히 책을 읽어나가기 시작했다.

4

오래된 인연 베놈에게 무언가 선물을 줄 만한 것이 없을까 하는 생각이 불쑥 들었다. 그리고 시작된 이 일은 꽤나 고된 작업을 필요로 하는 것이었다.

베놈의 신장에 비례해 마법검을 제작하기 시작했다.

집중하기 위해서 하루도 자지 않고 만든 결과 드디어 성공 작을 만들어낼 수 있었다.

가능하다면 검신까지 내가 만들고 싶었지만 그것은 현실 적인 능률상 불가하여 베놈이 고른 검 중 30여 자루나 불량품 을 만들어내 버리고야 말았다. 하지만 땀의 결실로 만들어진 마법검에 눈물겨워하는 베놈의 모습은 그동안의 노고를 모두 말끔히 제거해 주었다.

"정말 감사합니다."

"그동안 나를 위해 애써준 것에 비하면 아무것도 아니지만 너에게 도움이 되었으면 좋겠구나."

나는 베놈이 자랑스러웠다.

그의 말투는 비록 툴툴거리고 조금 방정맞지만 절대 게으른 사람이 아니었다. 그 누구보다 노력하는 사람이었다.

검술을 항상 한계치 이상으로 연습했고, 그것은 옆에서 지켜보는 내가 다 질릴 정도로 노력파였다. 그런 그에게 이 선물이 보다 값진 결과가 되었으면 하는 바람이었다.

"그런데 이 검을 주는 대신 조건이 있다."

내 말에 베놈이 고개를 끄덕였다.

"뭐든지 말씀만 하십시오!"

"술을 줄여. 한잔의 술이 네가 노력한 땀과 결실을 지워 버린다."

그는 난감한 듯 안절부절못한 얼굴이었다.

이제 막 술 맛을 알았는데 줄이라니.

검술에 지장이 된다는 말에 베놈의 낯빛이 완전히 어두워졌다.

나는 웃으며 그의 어깨를 토닥여 주었다.

"명령이 아니야. 네가 좀 더 욕심을 부리고 싶다면 그 욕심만큼만 술을 줄이라는 소리지. 술은 마음을 치료하지만 과해질 경우 육체를 갉아먹는 충이다."

베놈이 깊숙이 고개를 숙였다.

"자제하겠습니다."

특별한 인연인만큼 그가 좀 더 멋진 녀석이 되었으면 했다. 그리고 다음날 아침 그는 핏발 어린 눈빛으로 마법검을 연마했다. 때마침 내가 그가 마법검을 연마하려 할 때 지형 보호 마법을 걸지 않았다면 이 가게 자체가 날아가 버릴 뻔했다. 그가 마법검을 제어하고 익숙하게 쓸 때까지 고생한 것은 말할 것도 없는 것이었다.

5

"록 켄드가 어제 이후로 통 보이지 않는군요."

여느 때처럼 마법검을 수련하던 베놈이 모든 수련을 끝마친 듯 땀을 뻘뻘 흘리며 다가왔다.

"그러게. 맘에 좀 걸려."

베놈은 마법검을 혼신을 다해 닦고 있었다. 얼마나 닦았는지 벌써 손수건 하나가 걸레가 되어 있었다. 소중히 하는 건 좋지만 완전 결벽증 수준이잖아, 이놈아.

"맘에 걸린다라. 무슨 말을 하셨길래?"

"배신이라면… 배신이지."

철컥─

검을 집어넣고 베놈이 의자를 끌어당겨 앉았다.

"배신이라니요? 로크님이?!'

"됐어. 긴말하고 싶지 않아. 짐을 챙겨라. 수색대가 이곳을 발견하기 전에 슬슬 자리를 떠야겠어."

"이클레이드를 처단한 로크님에게 감히 수색대를 파견할 리가 있겠습니까. 게다가 지금 바이슨 왕국은 큰 전쟁 중입니다. 수색대를 파견할 만한 여유가 있을 리 없지요."

"그런 정보는 흘리지 않고 기똥차게 머릿속에 넣어두고 있구나."

베놈이 코끝을 찡그렸다.

"꼭 다른 건 흘려듣는 것처럼 말하십니다. 이래 봬도 똑똑한 오크 아닙니까?'

"알았어, 인마. 짐이나 챙겨."

"서둘러 가고 싶은 곳이라도 있으십니까?'

나는 미소 지었다.

"뭡니까, 그 음흉한 미소는?'

단단한 베놈의 머리에 꿀밤 한 방을 먹이며 일어났다.

"곧 알게 된다. 따라오기나 해."

"아 씨. 이제 그만 좀 때리십시오. 전투 오크 체면에……."

"야 이 자식아, 마나를 싣지도 않았다. 아프지도 않으면서 엄살은."

"안 아프긴요! 완전 아픕니다!"

시뻘게진 얼굴로 흥분하는 그를 보면서 나는 고개를 갸웃거렸다. 아프다고? 주먹을 살짝 때리는 게 아플 리가.

저벅저벅 걸어가 주먹에 살짝 무게를 실어 벽을 때려보았다.

쿠웅―

벽이 단숨에 금이 가버렸다.

"마… 맙소사."

나는 깜짝 놀라며 뒷걸음질쳤다.

"거 보십쇼!"

나는 베놈을 돌아보며 계면쩍게 웃었다.

이 주먹이 언제 이렇게 강해졌지.

마력이 상승하면서 육체적인 능력도 상승한다? 이론적으론 그럴 일은 없었다. 대체 무엇이 외적인 부분을 강력하게 만드는 선지는 몰라도 확실히 외부적인 강화도가 현저히 달라졌다는 것을 인지할 수 있었다. 그리고 방에 도착할 때까지도 나는 그 궁금증을 해결하지 못했다.

6

방 안으로 들어섰을 때 갑작스런 현기증이 정신을 덮쳤다.

비틀거리며 넘어지려는 몸을 문턱에 기대어 가까스로 넘어지지 않았다. 급격하게 몰려오는 피로감에 뒷목마저 뻐근해져 왔다.

"젠장."

무너지려는 몸을 힘겹게 일으키며 거칠게 숨을 몰아쉬었다.

아마도 내 생각엔 이클레이드와의 싸움 후의 후유증인 듯했다.

"그렇다고 해도 이거 너무 갑작스럽잖아."

이마에서 식은땀이 줄줄 흘러내렸다.

멀쩡하다가 이렇듯 갑자기 통증이 밀려오니 당황스러웠다.

움직이기도 여의치 않았고 주위에는 아무도 없었다.

나 혼자였다.

이런 상태에서 마나를 잘못 사용했다간 마법적 충돌로 큰 사고로 이어질 수 있었다.

힐도 시전하기 어려운 상태.

고통이 강하게 온몸으로 퍼져 나가는 것을 느꼈다.

근육이 끊어지는 것 같았다.

침대 시트를 손으로 꽉 쥐며 어금니를 있는 힘껏 깨물었다.

벌써 시트가 땀으로 흠뻑 젖었다.

"대체 갑자기… 왜 이런."

멀쩡하다가 이렇듯 갑자기 찾아온 고통은 이해할 수 없을 뿐더러 받아들기도 싫었다. 고통의 근원을 찾기 위해 흐려져 가는 정신력을 붙잡았다.

그리고 꽤 오랜 시간이 흘렀을 때 나는 어느 마력의 파장을 감지했다. 그것은 천천히 공기를 밀어내듯 사방으로 펼쳐져 나가고 있었고 나는 그 범위 안에 있었던 것이다.

그렇다는 것은 외부적인 것.

내부적인 것이 아닌 이상 마법적 충돌 확률은 현저히 낮아진다. 계속해서 이렇게 당하고만 있을 순 없었다.

나는 움츠리고 있던 마력을 터뜨렸다.

화아악!

마력을 끌어올리는 즉시 마치 막처럼 쳐져 있던 투명하고 얇은 무언가가 걷혀 나가기 시작했다. 눈이 생기를 되찾았을 때 나는 창문 밖으로 뛰어내려 플라이 마법을 시전했다.

공중으로 뛰어올라 지상을 내려다보았다.

도대체 어떤 놈이 이런 짓을 벌였단 말인가.

"블랙 아이즈(Black eyes)."

세상이 시커멓게 변해갔다.

정확하게는 세상이 변한 게 아니라 내 눈의 색깔이 변한 거지만. 아무튼 블랙 아이즈를 시전하자 온 세상이 거멓게 보여졌다. 그리고 그 가운데 마나를 가지고 있는 자들만 식별해서 찾기 시작했다.

"저기구나."

그는 나와 아주 가까운 곳에 있었다.

내가 묵고 있는 가게의 1층에 방금 들어섰다.

나는 곧장 텔레포트를 시전했다.

몸이 빛에 휩싸이고 계산했던 좌표에 도착했을 때 검은 기류가 공기를 찢으며 나를 향해 날아왔다.

쉬이익!

"임팩트 바리어!"

검은 막이 펼쳐지며 검은 기류가 서로 충돌되자 엄청난 파장이 생겨났다.

콰르릉!

건물이 무너져 내렸다.

머리 위로 떨어지는 돌조각들.

나는 헤이스트로 속도를 올려 빠르게 건물 밖으로 몸을 날렸다. 그리고 나를 쫓아 그림자처럼 따라붙은 사내. 허리까지 치렁치렁한 흑발이 내려와 있고, 얼굴은 붉은 천으로 가려 부리부리한 눈빛만을 볼 수 있었다.

"정체를 밝혀줬으면 하는데."

침묵.

그는 보통의 전사들이 낼 수 있는 그 이상의 살기를 표출해 냈다.

온몸의 털이 곤두서는 끔찍한 살기였다.

사내의 독한 시선은 내 움직임을 읽는 듯했고, 꿈틀거리는 눈썹은 마치 내가 원한이라도 산 것 같은 기분을 느끼게 만들고 있었다.

목적과 이유가 있다면 대체 뭔지 궁금했다.

만약 나를 노린 거라면 무슨 이유로?

게다가 얼굴을 그런 기분 나쁜 천으로 가리고 있는 것 자체도 기분 나쁘단 말이다.

"데스 나이트(Death knight)!"

오른팔 피부에 검은 비늘이 돋아나기 시작했다. 그 비늘은 마치 드래곤의 껍질처럼 단단했고 손에는 검은 블랙홀처럼 닿는 즉시 어둠의 심연으로 빨려 들어가는 힘이 생겨났다.

붉게 충혈된 눈이 그에게 향했다.

쉬익!

몸을 날렸을 때 마계에서 소환된 생명체들이 일제히 내 앞을 가로막았다.

"흥! 가소로운."

하급 마계 생물체들은 눈 깜박할 사이에 몸이 찢어지고 갈라졌다. 손을 휘저었을 때 온몸이 불에 타올랐다. 불덩이에 휘감긴 하급 마계 생명체 약 50여 마리가 비명을 지르며 바닥에 뒹굴었다.

사내에게 당도하기 직전 공간을 가르며 세 명의 중급 마족이 나타났다.

얇지만 날카롭고 기가 어린 세 개의 검이 내 목을 향해 날아왔다.

슈가각!

데스 나이트를 휘두르자 검과 함께 그들의 몸이 검은 공간 속으로 빨려 들어갔다.

수우욱!

뻐드득.

"크아아아악!"

귀를 관통하는 비명을 음악처럼 들었다.

검을 없애 버린 뒤 오른팔에 기를 모았다.

위이잉!

집합되는 에너지.

"아이언 피스트!"

주먹을 내뻗는 순간 엄청난 파공성과 함께 냉기 가득한 마나 에너지의 집결체가 그의 가슴을 향해 쇄도했다.

파아아악!

룬 어도 아닌 혼잡한 마법어가 그의 입에서 흘러나왔고, 정체를 알 수 없는 엄청난 마력이 형체없이 다가와 아이언 피스트와 충돌했다.

콰과과과과과!!

바닥이 으깨어지고 주위 건물이 완전히 날아가기 시작했다.

마치 인류의 재앙을 알리는 듯한 참혹함이 연출되기 시작했다. 커다란 건축물이 붕괴되어 갔지만 그는 전혀 개의치 않았다.

그렇다는 것은 왕국에서 보낸 바이슨의 꼬리는 아니라는 것이다. 하물며 전쟁이 일어난 상황에서 이렇게 강한 자를 이리로 보낼 리도 없고 그럴 여유도 없을 것이다.

힘의 파장을 견디기가 조금 어려워 주춤거리며 뒤로 밀려났을 때 내가 느낀 것은 그가 솜처럼 찾아보기 힘든 실력을 갖춘 전사라는 것이었다.

게다가 온몸에서 뿜어져 나오는 기운은 거의 상급 마계 쪽의 힘에 비교해도 전혀 뒤처지지 않았다.

어쩌면 록 켄드조차 그에겐 버거울 것 같았다.

"젠장!"

대체 뭐가 그렇게 자신만만한 거냐?

장렬하게 휘날리는 그의 긴 흑발과 당당한 시선.

흐트러짐없는 자세.

그는 결코 지지 않는다는 확신을 가지고 있는 듯한 눈이었다. 단번에 우그러뜨리고 싶은 눈빛이다. 속에서 뜨거운 것이 치밀고 울컥거리는 기분에 얼굴까지 화끈거려 온다.

단숨에 박살 내주마.

쿠구구구!

우주의 공간에서 빌려온 에너지가 손끝으로 전해졌다.

온몸이 부르르 떨렸다. 사지가 후들후들 떨릴 정도로 이 힘을 모으는 데 큰 체력과 정신력을 소모해야 했다.

지금에 이른 단계에서조차 감당하기 힘든 잠재된 힘이 당장이라도 폭발할 듯 웅어리졌다.

그것은 하나의 거대한 검은 태양이었다.

쿠우우우웅─!

그것을 지켜보던 사내가 빛의 창을 소환해 냈다.

"창?"

그리고 보니 그의 눈매가 왠지 록 켄드와 닮았다는 것을 이제야 알 수 있었다.

"설마 너? …록 켄드냐?"

의심 어린 내 질문을 그는 당연히 묵살했다.

하지만 왜 얼굴을 가렸을까.

들통날 거짓이라면 그럴 이유가 없었을 텐데. 설마 못 알아채리라고 생각했던 것일까? 그는 눈에 시커먼 무언가를 바르고 있었다.

그 덕분에 식별이 좀 어려웠는데 왠지 록 켄드면 어쩌지라는 불안감이 찾아왔다.

"울컥!"

입에서 피를 토할 때 몸의 중심이 흔들렸다.

우주 에너지를 소환하고 있는 상태에서 정신력이 흔들렸기에 내적인 통증이 유발된 것이었다.

"긴말은 필요없겠군. 어차피 입에 자물쇠를 걸어놨으니!"

격돌!

쿠구구궁!

빛의 창에서 새하얀 오러가 세상을 뒤덮을 듯 어른거렸다. 눈이 부시게 찬란한 빛이 뿜어져 나오고, 오러는 천사의 날개처럼 크고 화려해 보였다.

위기의식을 느낀 탓일까 등에서 검은 날개가 우두둑 돋아났다.

퍼드득!

"끄으아아악!"

눈이 검게 변하고 오른팔에서 만들어진 우주 에너지가 그 부피를 더하더니 빛의 창과 충돌하기 위해 결국 내 손에서 완전히 떠나 버렸다.

힘의 여파 따윈 생각할 겨를도 없었다.

그저 그를 쓰러뜨리기 위해 온 힘을 다했을 뿐이었다.

쉬이익—

콰아아아아아앙!

귀가 멍해졌다.

더 이상 아무 소리도 들려오지 않았고 세상이 모두 하얗게 변하는 것만 같았다. '빈혈인가?'를 마지막으로 중얼거리며 나는 천천히 눈이 감겨옴을 느꼈다.

'이… 이대로 죽을 수는 없는데.'

에아르웬의 웃는 얼굴이 떠올랐다.

처음으로 내 자신이 아닌 다른 누군가 때문에 살고 싶다는 생각을 해버렸다. 늘 혼자일 거라고만 생각했는데 이렇듯 함께 있어줄 누군가를 또다시 원하게 되다니…….

하지만 당연한 것 아니겠는가.

나 역시 어쩔 수 없는 하나의 인간이기에.

나 또한 내 옆에 있어줄 누군가가 필요했다.

내게 있어 오직 단 한 사람은 에아르웬뿐이었다.

Chapter **47**
숙명

1

눈을 떴다.

하얀 빛이 걷히고 시야가 뚜렷하게 자리가 잡혔다.

상체를 벌떡 일으켰다.

온몸의 근육이 비명을 질러댔다.

그토록 무리했으니 당연한 거겠지.

힘겹게 일어나 주위를 둘러보았다.

완전한 폐허.

마치 거대 운석이 떨어진 듯한 흔적이었다.

바닥에 시커멓게 누워 있는 잿덩어리들이 보였다.

사람이 아닐까 걱정스러웠다.

하늘이 원망스럽게도 해골들이 눈에 들어오기 시작했고 나는 그제야 무슨 짓을 저질렀는지 실감할 수 있었다.

침을 꿀꺽 삼키며 나는 이곳에서 도망치듯 뛰었다.

도시 한복판이 날아갔다.

거대한 검은 그림자처럼 땅은 원형의 형태로 파손되어 있었다. 현실에서 멀어지고 싶은 욕망이 가슴을 뒤덮었다. 이럴 수는 없었다.

"얼마나 많은 사람이 죽었을까."

정신없이 뛰어 조금은 울퉁불퉁하지만 그나마 살아 있는 땅을 밟았을 때 나는 보았다. 두려움에 떨며 나를 바라보고 있는 사람들을.

그들은 마치 나를 거대한 파충류처럼 쳐다보았다.

징그럽고 혐오스러우며 저항할 수 없는 거대한 생명체.

마치 그렇게 보는 것만 같았다.

"큰 싸움이었어. 시민들은 원인을 모른 채 그대를 두려워하더군. 막대한 마력과 힘을 가진 상대는 힘이 충돌하는 즉시 사라진 것 같았다."

석상처럼 굳어 있는 나를 가장 먼저 발견한 것은 델 키오르였다. 그의 목소리는 변함이 없었다. 아무 일도 없었다는 듯한 목소리였다.

그 저음 톤의 목소리를 들을 때까지도 내 정신은 멍한 상태였다.

언제까지 이 더러운 운명이 지속되는 걸까.

자괴감이 몰려왔다.

무슨 권리로 내가 사람을 죽이는 걸까.

고의가 아니었더라고 할지라도, 그리고 내가 지금껏 죽여온 사람들, 그들에게 진 죄를 어찌 갚으리.

힘에 굴복되어 그 힘에 이끌려 살아왔다.

나의 삶은 그런 것이었다.

델 키오르는 무기력함에 빠져 있는 나의 어깨를 손으로 잡았다.

델 키오르는 나를 아무런 감정이 담겨 있지 않은 시선으로 바라보고 있었다.

"동료들은?"

나의 물음에 그는 고개를 끄덕였다.

"일단 가서 이야기하도록 하지."

그는 눈짓으로 나를 어디론가 데려가기 시작했고 그를 따라가면서 나는 단 한 번도 고개를 들 수 없었다. 그리고 시민들의 쥐 죽은 듯한 고요함은 오히려 나를 더 고통스럽게 만들고 있었다.

2

"면목없습니다."

다리에 힘이 풀렸다.

의자에 털썩 주저앉아 손바닥으로 이마를 짚었다. 손바닥에 느껴지는 열이 뜨거울 지경이다. 도대체 왜 이런 갑작스러운 일이 일어나는 걸까.

강해지면 뭘 해.

누군가를 지킬 수 있는 힘조차 없는데.

"제기랄."

주먹을 불끈 쥔 나는 온몸에서 터져 나오려는 광기를 제어하느라 온몸이 다 뜨거웠다.

베놈은 온몸이 엉망진창으로 망가져 있었다.

게다가 에아르웬은 실종 상태.

몸이 멀쩡한 것은 델 키오르와 장 얀느 둘뿐이었다.

"어떻게 된 일이야. 네 몸은 왜 그렇구, 에아르웬은?"

베놈은 고개를 숙인 채 대답했다.

힘없는 목소리는 검이 되어 내 마음을 할퀴는 것만 같았다.

"면목없습니다. 로크님이 싸우는 그 시간에 저에게도 얼굴을 가린 정체불명의 사내가 습격을 했습니다. 전투가 끝났을 때는 이미 에아르웬은 사라졌더군요. 분명 2층 침실에 있었는데 말입니다."

"그럼 델 키오르와 장 얀느는?"

이 물음에는 조용히 하얀 손수건으로 검을 닦던 델 키오르가 대답했다.

"나는 왕국에서 사람이 와서 그들을 만나느라 무슨 일이 일어났는지 몰랐다."

"왕국에서 사람이 오다니? 어떻게……."

"힘을 빌려달라고 하더군. 어지간히 힘든 모양이야. 그리고 의외였어. 왕국에도 실력 출중한 인재들이 충분한데 그깟 몬스터들에게 끙끙거리는 꼴이라니. 흥! 한심하지 않을 수 없더군."

"아주 국제적으로 인기가 좋으시구나."

"그리고 장 얀느는 모르는 일이다."

내가 장 얀느에게 시선을 주자 그는 고개를 저었다.

"갑작스럽게 정신을 잃었습니다. 그 원인에 대해서는 잘……."

델 키오르가 끼어들었다.

"의식을 잃고 있길래 왕실에 가는 김에 그를 부축해서 치료실에 맡겼다. 때문에 잿덩어리가 될 뻔한 걸 면했지."

"설마 에아르웬이… 재로… 변한 건 아니겠지?"

델 키오르는 또렷한 시선으로 나를 응시했다.

"모르는 일. 하지만 확실할 순 없으니 냉철하게 상황을 판단해. 우선 어느 놈들의 소행인지를 밝혀내야 할 텐데."

장 얀느가 큰 보폭으로 내게 뚜벅뚜벅 걸어왔다. 그리고 손에 든 걸 건네주었다. '이게 뭐?' 는 눈빛으로 그를 보자 장 얀느는 간단하게 설명했다.

"로크님이 오시기 방금 전에 제게 화살이 하나 날아왔습니다. 그리고 그 화살에."

"쪽지가?"

장 얀느는 고개를 끄덕였다.

"예……."

장 얀느에게 쪽지를 받을 때 갑작스레 베놈이 비틀거렸다.

중심을 못 잡고 넘어지려는 것을 장 얀느가 운 좋게 붙잡았다. 베놈이 무거운 듯 잘 붙잡지 못하고 휘청거리는 장 얀느를 밀치고 델 키오르가 베놈을 어깨 위로 업어 들었다.

100kg이 넘는 거구를 가볍게 둘러멘 그는 서둘렀다.

"일단은 여기서 벗어나야 할 텐데, 어떻게 할 거야. 바이슨 왕실성인가, 아니면 이 도시를 벗어나는 반대쪽 길을 선택할 텐가?"

"잠시만 기다려."

난 장 얀느가 건네준 쪽지를 펼쳤다.

to. Roke

우선 오해를 하나 풀도록 하지. 내게 분노함에 있어서 별 차이는 없겠지만. 일단 그대를 공격한 것은 내가 아니다. 고로 삼자에서 꽤 강한 녀석이 네놈을 겨냥한 모양이다. 그 순간에 방황하는 에아르웬을 발견했고 나는 그녀를 납치하기로 결정했다.

나는 나의 숙명과 미래를 위해 수단과 방법을 가리지 않기로 결정했다.

그대 역시 잘 알다시피 이 몸은 마족의 피가 흐르는 존재.

사사로운 감정 따위보다는 결과를 위한 목적의식이 더욱 강할 수밖에 없다.

자, 조건을 제시하지.

지금 당장 바이슨 왕성으로 향해 마왕의 부활을 막도록 하라.

만약 도착하지 않는다면 그녀의 목숨을 보장할 수 없는 것은 물론 영원히 에아르웬을 볼 수 없을 것이다.

From Rok kend.

"록, 이 개자식! 납치라니! 가당치도 않은 짓을!"

델 키오르가 무거운 목소리로 물었다.

"결정해야 할 것 같다."

"나 혼자 간다. 쓸데없이 나와 함께 늪 안으로 들어갈 필요 없어."

"언제까지나 두 손 놓고 구경만 하게 만들 생각이십니까!"

장 얀느의 외침에 나는 깜짝 놀랐다.

그는 어금니를 꽉 깨물며 씹어내듯 말했다.

"제가 공부한 마법진이면 마왕을 처치하는 데 큰 힘이 될 수 있을 겁니다. 게다가 베놈에게 어서 치료 마법을 걸어주세요. 저 마법검이라면 분명 큰 도움이 될 겁니다. 마왕에겐 한 타 싸움이 아주 중요할 겁니다. 시간을 버는 데 유용할 게 틀림없어요. 그러니."

나는 고개를 끄덕였다.

"그래, 그럼 부탁하마."

"예!"

베놈의 상처를 힐로 치료해 준 뒤 델 키오르에게로 시선을 돌렸다.

"당신의 진짜 목적을 모르는 이상 더 이상은 함께할 수 없음을 양해해다오."

"이클레이드가 죽은 이후로 더 이상의 집착은 없어. 게다가 어차피 그대들이 마왕의 부활을 막지 못한다면 세상은 혼탁함에 빠질 것이고 분명 어두운 세계가 도래하겠지. 귀찮은 건 질색이다. 어차피 쓰러뜨려야 할 세력 중 하나라면 나중을 위해서라도 동참할 수밖에."

"그렇군."

나는 고개를 저었다.

"그렇구나. 그런 것이구나. 거기까진 전혀 생각하지 못했어. 나는 오로지 나 자신만을 위한 이기적인 생각만을 해왔던 거야."

"서둘러야 한다."

나는 고개를 끄덕였다.

"모두 생각을 비우고 동작을 멈춰."

순식간에 좌표 계산을 끝마친 나는 메스 텔레포트를 캐스팅했다. 아니, 하려 했다. 그런데 갑작스런 상황에 정신력은 흐려졌고 나는 서둘러 마법을 해제해야 했다.

밖에서 비명이 들리더니 이내 가게 내부의 창문이 깨어지고 누군가가 안으로 들어왔다. 느릿느릿하게 움직이는 그것은 인간의 형태였지만 결코 인간으로는 보이지 않았다.

구부정한 등은 불룩 솟아올라 있었다.

얼굴은 형태를 알아보기가 힘들 정도로 함몰되어 있었다.

오크보다도 더한 추악함이었다.

미를 파괴하는 얼굴.

하지만 무섭게도 그는 인간의 언어를 아주 편안하게 구사했다. 몸이 머리끝부터 발끝까지 시퍼렇게 멍든 색깔이라 몬스터라고 생각했는데. 설마?

"너를 이대로 보낼 수는 없어. 나의 저주받은 몸을 되돌리기 위해선 네놈의 심장이 필요해!"

델 키오르가 눈을 감았다.

"브로크웨이."

이클레이드의 실패작.

나는 뒤를 돌아보며 물었다.

"저, 저게 어떻게 브로크웨이야?"

델 키오르는 눈을 더욱 질끈 감았다.

"브로크웨이는 실패작이다. 때문에 저렇듯 힘의 부작용을 가질 수밖에 없다. 그리고 나 역시 때때로 고통과 함께 찾아오는 흉측함을 감내해야 했지. 그리고 브로크웨이들 중 부작용의 모습을 영원히 가져가야만 하는 경우도 있다. 바로 지금처럼."

충격적이었다.

이 정도일 줄은 몰랐다.

인간이 되고 싶은 열망.

그 열망은 그 무엇보다 인간적인 것이었다.

인간이기에!

마음이 존재하기에 바라는 욕심인 것이다.

그런 욕심이 없는 자들은 나의 심장을 탐할 리가 없겠지. 그랬다간 자신의 신체적 능력이 떨어질 테니까. 그러나 내가 생각하기엔 그런 힘보다 인간이 되고 싶은 이들이 훨씬 많을 것이었다.

"어쩌면 나 역시 실패작일지도 몰라. 언젠가 브로크웨이가 될지도 모를 테지."

흉측한 외모의 사내가 소리쳤다.

"아니! 넌 성공한 인간이어야만 해! 그래야 내 꿈이 이루어지니까!"

"꿈……."

나는 슬픈 얼굴로 고개를 떨구었다.

발아래로 눈물이 떨어질 것만 같았다.

나는 손으로 얼굴을 감싸 쥐었다.

"하하하하! 동정하는 건가? 그따위 건 필요없어. 내가 필요한 건 오로지 심장뿐이야. 이 다칸은 오늘부터 인간으로 다시 태어나게 될 것이다!"

그의 손이 땅속으로 파고들어 갔다.

돌이 깨어지는 소리가 잠깐 계속되더니 이내 내 발밑에서 손이 바닥을 뚫고 올라왔다.

나는 내 목을 노리고 날아온 손을 피하며 그를 향해 득달처럼 달려들어 갔다. 그는 순식간에 팔을 회수했다. 신체가 늘어나는 능력이 있는 자였다.

나는 빛의 검을 만들어 그의 심장을 겨누어 던졌다. 그것은 정확히 다칸을 맞추지 못하고 어깨를 스치고 지나갔다. 푸른 피가 허공에 흩날렸다. 하지만 다칸은 무표정한 얼굴로 다시 재공격을 시도했다.

그의 몸은 분명 푸른색이었다.

그런데 순간적인 주문을 읊고 난 후로부터는 붉게 변하기 시작했다. 마치 불덩어리 같은 몸이었다.

내 예측으로는 아마 주술적 능력이었다.

다칸은 눈에 글자가 새겨지더니 눈으로 쫓기 힘든 속도를 갖추기 시작했다. 등장할 때만 해도 느림보였는데. 힘을 일으키자 그의 속도는 몇십 배나 빨라져 일반인의 눈엔 잔상조차 보이지 않을 정도로 빨라져 버렸다.

나는 마법으로 시각의 능력을 높이고 그를 뒤쫓았다.

쉬이잉 쉬이이잉!

가게 내부를 수십 바퀴 돌며 거리를 잰다. 그리고 이내 빈 틈을 발견했는지 순식간에 내 뒤로 다가와 등을 향해 날카로운 손을 날렸다. 그의 손가락 끝은 검보다 날카로운 손톱이 있었고 강한 독성이 묻어 있다.

찔리는 즉시 병균에 감염되고 독이 차오르며 심각한 출혈이 일어날 것이다. 아슬아슬하게 옆구리를 스쳤는데 살짝 긁혀 버리고 말았다.

아주 작은 상처임에도 눈앞이 흐릿해질 정도로 현기증이 나는 독성이었다. 나는 마법으로 내 몸에 흐르는 독을 완전히 제거하며 창문 밖으로 몸을 날렸다.

플라이 마법으로 하늘을 날아오르자 엄청난 도약력으로 그가 점프했다.

완전히 무방비로 앞모습이 노출되어 버리고 말았다.

지금 이 상태라면 공격을 완전히 허용할 수밖에 없는 상태였다. 아무리 내가 체술에 어느 정도 강하다고는 해도 이렇게 빠른 상대의 공격을 피해내기란 어려울 것이다.

마법의 캐스팅과 그가 손을 내뻗는 속도는 거의 일치했다.

그런데 그 중간 공기를 가르는 파공성을 들었다.

콰아아앙!

내 눈앞에서 다칸의 몸이 화염에 덮였다.

몸부림치며 바닥에 떨어진 그는 고통스러움을 참기가 힘든 듯 이리저리 뒹굴었다. 허리까지 베여 출혈까지 나오고 있었다.

다칸은 고통스러워하며 부들부들 떨었다.

힘겹게 일어나 구부정한 등을 만지며 나를 노려보았다. 그 독기 어린 눈빛이 너무나 슬퍼 보였다. 나는 연민이 가득한 마음에 나도 모르게 뒷걸음질쳤다.

그것은 공포에 의한 것이 아닌 나 자신과 세상에 대한 두려움이었다.

"정신 차려, 로크!"

델 키오르의 고함이 귀를 뚫었다.

고, 공격할 수가 없어.

"네가 넘어야 할 산이다. 지금까지 그래 왔고 너는 끊임없이 그 산을 넘어야 한다. 그것이 네가 이클레이드를 만났을 때부터 정해진 너의 숙명이다!"

"당신도 브로크웨이잖아! 내가 누굴 믿어!"

"로크님, 제가 처리하겠습니다!"

베놈이 마법검을 꺼냈다.

델 키오르가 힘의 폭발력을 주어 베놈의 앞을 완전히 태워버렸다. 베놈이 이를 드러내며 으르렁거렸다.

"로크가 이 산을 넘지 못하면 그는 영원히 죄책감에 시달리며 가해자의 숙명이 되어버릴 것이다."

델 키오르의 어둡고 깊은 눈동자에 베놈은 바닥에 칼을 꽂으며 소리쳤다.

"로크님! 정해진 숙명이라면 피하지 말아주십시오. 그리고 우리를 지켜주십시오!"

반의 죽음이 머리를 스치고 지나갔다.

나는 고개를 저었다.

"자신없어."

베놈이 멍한 얼굴로 로크를 보았다.

"무, 무슨 말씀이십니까. 당신이 아니면 우리를 누가 지켜 줘!"

"나의 친구 반조차 지키지 못했어. 너희들을 지킬 수 있다 는 보장을 줄 확신이 없단 말이다!"

"크크큭. 그럼 곱게 죽어. 그것이 너의 마지막 운명이겠 군."

다칸이 느리고 비틀비틀거리는 걸음으로 다가오는 게 눈 에 들어왔다. 나는 완전히 퇴색된 눈으로 그 모습을 가만히 지켜보았다.

"죽지 않기 위해 살아남는다. 그것이 바로 생존법칙. 에아 르웬과 베놈을 잃고 싶다면 이기적인 죽음을 선택하도록."

델 키오르는 털썩 의자에 다리를 꼬고 앉아 눈을 감았다.

"에… 에아르웬."

잊고 있었다.

그녀를 잃어버린 것을 잊고 있었다.

베놈이 소리쳤다.

"찾아와야 하잖아, 이 바보 대장아!"

독으로 가득 찬 손이 안면을 향해 날아왔다. 나는 그 손을 피하며 왼쪽 무릎을 굽혔다. 그리고 마력을 실은 주먹이 정면으로 날아가 다칸의 가슴을 꿰뚫었다.

퍼어엉!

등이 터져 나갔다.

초록색 액체가 크게 번지고 다칸은 입에서 검은 피를 토해냈다. 내 앞쪽으로 쓰러지며 그는 웃었다.

"바보 같은… 네놈은… 독을 견딜 수 없을… 것이야."

털썩—

"일생 동안 누구에게나 잔혹한 기억 하나쯤은 반드시 존재하는 법이다. 오늘의 일은 그중 작은 부분일 뿐이라고 생각해."

다칸의 표정을 보자 가슴이 찌릿해져 왔다.

이생에 미련이 많이 남은 듯 아직 떠날 수 없다는 얼굴이었다. 가슴을 뒤흔드는 마음의 통증에 나는 비명을 지르고 싶었다.

텔레포트 직전 정말 짧은 시간에 일어난 일이지만 백 년처럼 길게 느껴졌다. 왜냐하면 이런 싸움은 나를 중심으로 언제나처럼 계속되어 왔으니까.

나는 피하지 말아야 한다.

나 스스로를 위해.

그리고 내가 지키고 싶어하는 사람들을 위해.

지겹지만 끊임없이 싸워야 할… 그 전쟁을 나는 혼신을 다해 계속해야 한다.

"바이슨으로 향한다."

낮은 바리톤의 음색이 내 입에서 흘러나오자 모두들 고개를 끄덕였다.

마법의 캐스팅. 번쩍거리는 빛에 휩싸였다. 그리고 우리는 완전히 그 자리에서 사라졌다.

*   *   *

털썩!

바이슨 왕성 내부에 떨어지자마자 베놈이 괴로운 얼굴로 투덜거렸다.

"뭐야, 이거. 여기 어딥니까?"

"정신 차려. 바이슨 왕궁이다."

바이슨 왕궁이란 말에 거의 반쯤 감겨 있던 눈이 번쩍 뜨였다.

"뭐, 뭐라구요? 바이슨 왕궁이라니… 왜!"

황당한 얼굴로 나를 바라보고 있는 베놈에게 손을 내밀었다.

"별로 영웅이 될 생각은 없었지만 말야. 세상을 위해 미래를 위해, 그리고 에아르웬을 위해 어쩔 수 없이 우리가 힘을 써야겠어."

"무슨 소린지 통······."

정신이 하나도 없는 얼굴이었지만 뭐 어떠랴.

"세상이 알아주지 않는들 어떠하나. 나 스스로를 위한 행동은 나 스스로의 영웅일지어니!"

"뭔 소리야."

베놈은 씨익 웃고 있는 장 얀느와 델 키오르를 보면서 머리를 감싸 쥐며 괴로워했다. 그리곤 내 손을 잡고 일어나며 입을 비죽 내밀었다.

"무슨 일인진 모르지만 여기 온 목적은 단 하나. 마왕을 때려잡는 거겠죠?"

"물론."

내 대답을 들은 베놈은 고개를 끄덕였다.

몸 상태를 여기저기 둘러본다.

"어라? 고쳐졌네."

"내가 치료해 줬으니까. 어때, 움직일 만하냐?"

"예. 아주 팽팽합니다."

만족스런 얼굴로 마법검을 꺼낸 베놈이 히죽 웃었다.

"드디어 이 마법검이 진정으로 빛을 보는군요. 역사에 길이 남는 대전설을 만들어 버리겠습니다."

"죽지나 마, 이 자식아."

"거참. 폼 좀 잡으려고만 하면 꼭……."

"시끄러. 서두르자. 정해진 전략은 없다."

나는 장 얀느와 델 키오르, 그리고 베놈을 둘러보았다.

"마왕이 도착하기까지 약 하루 정도가 남았어. 도착 직전까지 귀찮은 잔챙이들을 쓸어버리도록 한다. 그러니까… 한마디로."

델 키오르가 손수건을 집어넣으며 말했다.

"정면 돌파."

내가 고개를 끄덕였을 때 장 얀느가 손을 들었다.

"저는 빠집니다."

"뭐?"

베놈이 불량스런 얼굴로 다가오는 걸 짜증난다는 표정으로 쳐다보다가 내게 한 가지 전략을 제시했다.

"최근에 공부한 마법진 트랩을 만들겠습니다. 마법진이 완성되면 그곳으로 유인해서 완전히 봉인해 버리도록 하죠."

"가능할까?"

"마법진의 파괴력과 로크님의 마력이라면 충분히!"

확신에 찬 그의 음성은 우리의 사기를 훨씬 올려주고 있었다.

베놈은 그 작전에 더 이상 할 말이 없는지 머쓱한 듯 쿵쿵거리며 물러났다.

"그럼 흩어지도록 하자. 바이슨에서 질문하면 지원군이라고 말해."

장 얀느가 고개를 갸웃거렸다.

"반대하거나 우리를 신용하지 않는다면 어쩌죠?"

"이렇게 물어. 죽을래, 같이 싸울래."

베놈이 물었다.

"죽긴 누가 죽냐고 달라붙으면?"

나는 히죽 웃었다.

"마음대로 해. 난 먼저 움직이마!"

텔레포트 주문을 천천히 외웠다.

한 치의 실수도 있어선 안 된다.

마왕과의 격돌.

이제부터 가장 거창하고 거대한 마지막을 장식하는 전쟁이 시작된다.

"반드시 살아 있어라. 록 켄드, 그리고 에아르웬!"

위이잉—

스팟—

내 몸은 빛으로 휩싸였고 나는 내가 생각해 둔 곳으로 이동을 시작했다.

3

"징글징글한 숫자구나."

바이슨 왕성의 입구가 훤히 보이는 산 정상에 나는 아래를 내려다보며 혀를 찼다. 바이슨 왕국에 마법사라고는 이클레이드 하나뿐이었다.

그나마 다섯이나 있던 왕궁마법사들은 약 한 달간 시험해 볼 게 있다며 마법사의 탑으로 돌아간 상태였다. 때문에 범위 마법은커녕 마법사의 머리카락 한 올 찾을 수 없는 상태였기에 끝도 없이 밀려들어 오는 몬스터들에 정말이지 난공불락처럼 보이던 철옹성, 거대 제국 바이슨의 성문이 흔들리기 시작했던 것이다.

게다가 몬스터들은 잔챙이가 아니었다.

트롤, 에틴, 스콜피온, 가장 강하다는 베놈의 종족. 뭐더라? 아무튼 그 부족의 오크란 오크는 모두 몰려온 것 같았다. 험상궂기 그지없는 얼굴에 지능마저 좋은지 모두들 좋은 징비를 갖추고 있었다.

게다가 신화 속에서나 나올 것 같았던 작은 드래곤 같은 거대한 크기의 몬스터들마저 달려드니 인간들의 비명 소리가 산 정상까지 메아리가 되어 올라오고 있는 상태였다.

드레이크가 쏟아내는 하늘에서 떨어지는 불덩이는 아무리 바이슨 왕국이 소드 마스터를 보유하고 있다고 해도 밀리는 부분이 적지 않았다.

물량에서 이미 엄청난 차이가 나고 있는 것이다.

록 켄드는 마왕이 올 때를 대비해 과연 힘을 비축하고 있을까, 잔챙이들의 숫자를 줄이고 있을까 궁금했다. 하지만 놈을 아직 내기 이전에 마왕의 부활을 막아야 하니 감정을 최대한 차갑게 가라앉혀야 했다.

우선 범위 마법을 써야 했는데, 그러자면 전장을 누비고 다니는 소드 마스터들을 성안으로 복귀시켜야 했다.

푸른빛을 뿌려대며 사방팔방을 누비고 다니는 그들의 전력은 일천의 병사보다 훨씬 효율적인 전투력을 갖고 있기에 절대 그들을 가볍게 잃을 수는 없었다.

나는 숨을 깊게 들이마시고 체내에 모아둔 마나로 마법언어를 일으켰다. 내 목소리는 모든 인간들의 귀에 들어갈 수 있도록 확장시켰다.

어차피 몬스터들이 내 목소리를 알아들을 리 없으니 나는 개의치 않고 마음껏 소리쳤다.

나는 이클레이드의 제자, 로크라고 한다.

지금부터 나와 내 동료들은 바이슨의 지원군이 되려고 하니 성 밖으로 나가 있는 모든 군사와 소드 마스터 급의 인원들은 모두 내성으로 복귀하길 요청한다. 지금부터 5분 후에 거대 범위 마법을 쏠 테니 죽기 싫으면 성안으로 도망가란 소리다! 다시 한 번 말한다. 지금 즉시 내성으로 귀환하라!

쩌렁쩌렁하게 울린 소리를 분명 들은 것인지 소드 마스터들은 약간 주춤거리다가 이내 단숨에 몸을 날려 내성으로 귀환을 시작했다. 하지만 소드 마스터가 사라지자 전장에 나가 있던 군사들은 맥을 못 추고 무너지기 시작했다.

전력의 중심이 사라지니 전력 차이가 심해졌고, 일반 군사들로서는 막대한 양의 몬스터들을 막아낼 수가 없었던 것이다.

많은 수의 군사들이 목숨을 잃었다. 그리고 역시나 몬스터들은 기다렸다는 듯이 성문을 향해 쇄도해 들어왔다.

눈이 시뻘건 게 분명 정상이 아니었다.

누군가에 의해 조종되는 정신.

확실히 마왕이 아니라면 이 엄청난 숫자의 몬스터들을 테이밍할 수 없었을 것이리라!

나는 곧장 주문을 외워 나갔다.

꽤 긴 주문으로써 거대 범위의 영창 마법은 꽤 고도의 정신력과 집중도, 그리고 큰 마력은 물론 시간이 소요되는 주문까지도 필요했다.

난해한 마법 룬 어를 외워 나가고 있었는데 이상한 소리가 귀를 간지럽혔다.

우르르르르―

"무, 무슨 소리지?"

흠칫거리며 고개를 뒤로 돌렸다.

"설마……?"

왕성의 정면 입구만을 향하는 것이 아니었다.

막 산을 넘는 거대 규모의 몬스터들이 바이슨 왕성의 옆을 치려고 달려오는 것으로 예측되었다.

빠른 판단이 필요했다.

우선 바이슨의 성문을 두들기는 쪽을 쓸어버린 뒤 재합세를 하도록 결정했다.

산을 넘고 다가오는 몬스터들이 동쪽으로 왕성의 옆을 칠 것이다. 지금 당장 소드 마스터와 군사들은 소수의 규모만 정문을 호위하고 동쪽을 막도록!

아무리 높고 두터운 성문의 외각이라고는 하지만 저렇듯 엄청난 발소리로 달려오는 것들이 성문을 부수지 못하리라는 보장은 없었다.

그 사실을 자신들도 인지한 것인지 소드 마스터들은 몸을 날려 직접적으로 막기 시작했고 사다리를 이용해 올라간 군사들이 혼신을 다해 화살을 쏘았다.

나는 마법을 쓰기 위해 손가락으로 흙에 마법진을 하나, 그리고 주위에 전력 마법을 걸어놓았다.

나를 발견하고 달려드는 몬스터들은 모두 트랩에 걸린 것처럼 마법진을 밟자마자 몸을 부르르 떨었다. 그리고 이어 바닥에서 솟아나는 거대하고 뾰족한 돌기둥에 온몸이 꿰뚫렸다.

마치 꼬치처럼 약 4~5마리가 한꺼번에 관통되었다.

살이 발라지고 뼈가 깨부숴지는 주위 환경 속에서 나는 집중도를 높여야 했다.

나는 약 3여 분간 얼굴에서 땀이 주르륵 맺힐 정도로 큰 마법을 준비했다. 내가 느끼기로는 아마 이 정도 마력이면 성하나 정도는 가뿐히 날릴 만한 힘이었다.

나는 대미를 장식할 마지막 주문을 외웠다.

혼돈 속에 존재하는 어둠의 파괴력이여
재앙으로 치닫는 죽음의 권능이여
내 그 검은 피의 힘으로
엄죄를 드리리라.

"블랙홀(BlackHole)!"

내 머리부터 발끝까지 신체 온몸에서 검은 기운이 하늘 위로 치솟아올라 가기 시작했다. 그것은 하늘로 올라가 먹구름처럼 변하더니 점점 마력을 더해 파괴력을 높여갔다.

파지지직!

몬스터들은 일제히 움직임을 멈추고 멍청히 하늘을 올려다보았다. 하나의 재앙이 탄생되고 있는 것이었다. 엄청난 마력을 필요로 하는 것이었다.

정신이 순간 흐릿해질 정도로 거대한 힘이었다.

거대한 검은 덩어리는 점점 그 크기를 더해가더니 이내 반경 60피르 정도까지 커졌다.

블랙홀은 서서히 지면 아래로 내려오기 시작했고, 몬스터들은 온몸을 부들부들 떨며 공포에 떨었다. 본능적인 방어 본능이었다. 피할 수도 도망갈 수도 없는 듯했다. 다리가 완전히 얼어붙은 것이다.

블랙홀은 천체를 관측하는 마법사들이 말하기를 별이 폭발할 때 발생하는 여러 가지 이유로 중력이 굉장히 커진 상태를 말하는 것이다.

존재하는 모든 것을 빨아들이는 블랙홀.

그 완전한 힘을 소환하는 것은 당연히 불가능하다.

일부의 힘만을 가져오는 것으로써 아주 일시적인 우주의 힘이다.

계산을 마친 나는 거리가 정확하게 나오는 순간 마력을 개방했다.

쿠우우우웅!

끔찍한 소리가 울려 나왔다.

온몸이 오그라들 것만 같은 죽음의 소리였다.

쿼워어어억!

쿼에엑!

쿠워억!

몬스터들이 순식간에 블랙홀에 빨려 들어가기 시작했다. 내가 계산한 좌표의 존재들만 빨아들이기에 성이 피해를 입을 만한 것은 전혀 없었다.

그 거대한 힘에 소드 마스터들을 시작으로 내성에 위치해 있던 모든 이들이 입을 벌리고 그 광경을 지켜보았다. 마법이란 이토록 거대한 것.

자연과 우주의 힘이 바로 세상을 지배하는 힘이다.

성문 앞을 가득 메웠던 엄청난 숫자의 몬스터들이 순식간에 사라졌다. 하지만 너무 큰 힘을 쏟아서인지 온몸이 땀범벅이었고 힘이 없었다.

마력과 체력을 보충할 만한 시간이 필요했다.

"지금부터 성문은 약 2시간 정도는 쉴 시간이 있을 것이다. 대륙 모든 몬스터들이 오는 것이 아닌 이상은 말이다."

쿠워억!

응? 이게 무슨 소리야?

진이 잔뜩 빠진 얼굴로 고개를 위로 올렸다.

마법진을 밟지 않고 하늘로 뛰어오른 크드가 내 목을 향해 낫을 휘둘렀다. 뒤로 몸을 굴리고 일어나 마법진을 해제하고 빛의 검을 소환했다.

그 검을 보고 몸이 움츠러든 크드는 무섭도록 커다란 눈을 떼굴떼굴 굴리며 눈치를 보았다. 자신이 내 상대가 아님을 이제야 눈치 챈 것이다.

도망치려는 그의 다리에 슬로우 마법으로 동작을 묶고 나는 몸을 날렸다.

그를 스치듯 지나며 목을 베었다.

슈각—

바닥에 떨어진 머리를 발로 차버리고 성의 외각을 보았다. 언제 블랙홀을 보았냐는 듯 서로의 비명 소리가 교차하고 있었다.

확실히 소드 마스터들의 공격력은 상상을 초월한다.

웬만하면 모습을 보이지 않는 그들인만큼 실력 차는 월등했다. 몬스터들을 개미 밟듯이 죽여 나가는 모습은 차라리 잔혹하게까지 보였다.

소드 마스터와 화살에 의해 슬슬 정리되어 가고 있던 차 믿기지 않는 현실을 받아들여야 했다.

쿠우웅. 쿠우우우웅. 쿠우우우우웅.

소리는 점차 크게 들려왔다.

마왕이 모습을 드러낸 것이다.

"맙소사……."

당연히 내성에 있던 군사들도 마왕의 모습을 보게 되었다. 그리고 전의를 상실. 과연 저런 생물체를 본 적이나 있을까. 아니, 상상도 한 적이 없을 것이었다.

외양적인 모습만 본다면 그것은 신화 그 자체였다.

키는 실제로 보니 더 컸다.

약 70피르는 되어 보였고 흐느적거리며 걸어오는 모습은 마치 하나의 거대 젤리 같았다. 속이 훤히 비치는 그것은 확실히 마왕이 틀림없었다.

몸집에 비해 터무니없이 작은 머리.

거대한 손바닥.

원숭이처럼 길쭉길쭉한 팔다리.

뭉툭한 몸통.

실로 오금이 저리는 위압감이었다.

과연 저런 존재를 감당할 수 있을지 의문이 들었다. 그리고 무엇보다 가장 걱정인 건 소드 마스터들의 힘이 저 젤리(?)에게 먹혀들어 갈 것이냐는 것이다.

약아빠진 놈.

내가 마법을 쓰고 힘이 빠진 틈을 타 모습을 드러내다니.

나는 시답잖은 욕으로 의미없이 마왕에게 욕을 했다.

머리를 헝클며 괴로워하던 나는 입술을 질근질근 깨물며 고민했다. 녀석의 실력이 어느 정도인지 가늠할 필요가 있었다. 이렇게 말하면 좀 그렇지만 누군가 시험 삼아 첫 공격을 감행할 용기가 있어야 했다.

이젠 몬스터가 없어 황량한 곳을 걸어오는 마왕에게 군사들은 함성을 지르며 활을 쏘았다. 그리고 그 결과 내가 상상했던 최악의 시나리오가 탄생했다.

단순한 검과 화살 따위로는 그에게 타격을 줄 수 없었다.

화살이 몸을 관통하여 바닥에 툭툭 떨어지는 장면은 속이 다 메스꺼울 정도였다.

성문을 불과 약 20여 피르를 남기고 우뚝 멈추어 선 마왕이 고개를 들어 입을 벌렸다. 그리고 엄청난 소리가 흘러나왔다.

"쿠워어어어어어!"

나는 귀를 틀어막고 마나를 귀에 둘렀음에도 그 소리가 내장을 뒤흔드는 것만 같았다.

나는 산 가장 높은 곳을 찾으러 뛰어다녔다.

성 근처가 가장 잘 보이는 곳에 도착한 나는 눈에 시력을 높여 최대한 주위를 살펴보았다. 지금 이렇게 눈으로 사방을 훑는 것은 장 얀느가 마법진을 설치한 곳을 찾는 것이었다.

"이 자식 어디에 있는 거야!"

답답한 듯 소리쳐 보지만 마법진은 도저히 찾을 수 없었다. 뭔가 연락을 취할 방법이 있었어야 했는데.

그걸 생각하지 못한 게 내 실수였다.

소드 마스터 분들이 한곳에 집결하여 저 덩치 큰 괴물을 상대하고 나머지는 외각 쪽의 몬스터들을 맡도록!

마왕이라고 해봤자 사기만 떨어질 우려가 있었기에 나는 그의 정체를 숨기도록 하는 게 좋을 듯싶었다.

내 말에 동의하는 듯 서로 눈치를 주고받은 소드 마스터들이 성문 쪽으로 몸을 돌렸다. 하지만 군사들은 사정이 달랐다. 마왕이 소리 지른 것 때문인지 대부분이 정신을 못 차리고 있었던 것이다. 그 틈을 타 몬스터들이 기다렸다는 듯이 외곽 성문을 들이받기 시작했고, 손과 발을 잘 쓰는 몬스터들은 성문을 타 올라갔다.

별로 마력이 회복되지 못한 상태에서 나는 일단은 피해를 최소화하기 위해 왕성의 동문 쪽으로 향하려 했다. 그러나…….

4

"바보같이 쓸데없이 힘을 써버렸군. 지금을 기다렸다."

낯선 상대였다.

모두 일곱.

처음 보는 얼굴인데? 어떤 놈들이지?

"우리 길드 마스터가 그렇게 녹록해 보였느냐? 한번 선택한 적은 절대 놓치지 않는 것이 우리의……."

"시끄러, 이것들아. 안 그래도 바쁜 판에 별 거지 같은 것들이!"

파이어 피스트.

양쪽 주먹에 화염이 붙어 활활 타올랐다.

긴장한 듯 모두 검을 꺼낸 이들이 내 주위를 둘러싸며 포위했다.

"길드 마스터가 보낸 거냐? 니들 마스터도 한심하군. 이따위 전력으로 날 상대하라니. 아무리 힘이 빠졌기로서니 생각이 없는 건가?"

"마스터를 모욕하지 마라. 우리는 동료의 복수를 갚기 위해 찾아온 개별 부대다!"

"아아, 개별 부대?"

나는 고개를 끄덕였다.

"그럼 그렇지. 마스터가 이런 멍청한 것들을 보낼 리가 없지."

"머, 멍청한?!"

이마와 목에 핏대가 선 걸 보니 꽤 화가 난 모양이다.

"몸에 그렇게 힘이 많이 들어가면 속도 떨어지는 건 물론이고 무게중심이 흔들리고 검에 체중마저 실리지 않게 된단다, 이 애송이들아."

"이빨 빠진 호랑이 주제에 말이 많구나!"

"누구 이빨이 빠져? 미안하지만 이제 막 회복된 마력만으로도 너희 같은 송충이 벌레들은 충분히 상대하겠으니 걱정들 말거라."

그의 보랏빛으로 물든 입술이 파르르 떨렸다.

"흥! 시건방진 놈. 무덤이나 파놓아라!"

일사불란하게 몸을 날리는 게 영 삼류는 아니었다.

다만 나와의 실력 차가 너무 현격하다는 게 문제라면 문제였다.

그들의 움직임은 한눈에 보일 정도로 불안정했고 형편없었다.

방어 마법으로 주위에 벽을 치고 땅에 주먹을 내려쳤다.

"머드 피스트!"

퍼어엉!

지면이 폭발함과 동시에 바닥에서 흙으로 만들어진 손바닥이 후욱 올라왔다. 그 손은 그들의 발목을 잡아챘고 이내 바닥으로 파고들어 갔다.

마치 늪에 빠진 것처럼 허우적거렸다.

"으아악!"

비명을 지르며 땅으로 끌려들어 가는 동료의 모습에 남은 세 명은 아연실색한 얼굴로 나를 멍청히 바라보았다. 나는 어깨를 으쓱거려 준 후 마력을 담은 주먹을 내질렀다.

쉬이익─

퍼버벙!

몸통이 완전히 터져 나가고 하나 팔이 완전히 사라졌다.

완전히 찢어진 고깃덩이처럼 변한 동료의 시체를 망연자실한 눈빛으로 바라보던 사내는 이를 꽉 물며 결국 도망을 선택했다.

마법을 캐스팅하며 손을 휘저었다.

공기는 날카로운 검이 되어 사내의 피부를 갈랐다.

피를 토하며 앞으로 꼬꾸라지는 그를 마지막으로 나는 마왕에게로 향할 수 있었다.

심장이 당장이라도 폭발할 것처럼 쿵쾅거렸다.

내가 살아온 삶 중 아마 가장 강한 상대가 아닐까 예상된다. 그런데 왜 저렇게 돌처럼 굳어서 안 움직이는 거야?

완전히 움직임이 멈추었다.

내가 고개를 갸웃거리고 소드 마스터들은 혹시 모를 갑작스런 공격에 대비해 경계하며 조금씩 다가갔다. 다행히 소드 마스터들은 수백을 넘는 몬스터들을 상대했음에도 숨이 크게 거칠어져 있지 않았다.

안정된 호흡으로 보아 아마도 마치 하나의 준비운동처럼 몸을 푸는 결과인 것 같아 마왕을 쓰러뜨리는 데 큰 힘이 될 것이었다.

시간을 벌 수 있을까?

나는 그들이 마왕을 상대하는 동안 서둘러 장 얀느의 마법진을 찾을 생각이었다.

만약 부활 직전 힘조차도 뒤엎을 수 없는 강대함이라면 세상의 종말은 바로 코앞으로 당도하게 될 것이다.

상성 관계상 어둠의 힘으로는 마왕을 상대할 수 없을 것이다. 장 얀느도 그걸 파악하고 마법진을 개설해야 할 텐데. 솔직한 심정으로는 두려움이 앞섰다.

아무리 내가 강한 힘을 가졌다곤 하지만 상대는 마의 피가 흐르는 존재들의 우두머리인 마왕이다.

아무리 부활 직전의 상태라지만 이길 수 있을지 걱정이었다.

나는 마지막을 장식할 수 있는 가장 큰 빛의 힘을 생각했다.

그것은… 자, 잠깐! 저건 또 뭐야?

마왕이 입을 천천히 벌렸다.

사람 10여 명은 들어갈 만한 공간으로 입을 크게 벌리더니 그곳에서 푸른 빛이 뿜어져 나왔다.

콰아앙—

그것은 단숨에 성문을 부숴 버렸다.

"지능이 있다니. 최악이다."

머리마저 좋다면 더 골치 아픈 경우를 초래할 것이었다.

수루루룩!

소드 마스터들이 모두 식은땀을 흘리며 검을 꽉 쥔다.

바닥에서 스멀스멀 기어올라 오는 그것은 은색 갑옷을 몸에 두르고 있는 해골이었다.

"설마 데스 나이트? 거짓말이지?"

데스 나이트의 숫자는 총 열한 마리.

마왕이 불러낸 보스 급 언데드의 진정한 마계 소환이었다.

쉬이익—

그들이 검을 꺼낼 때 주위에서 마치 배경처럼 하얀 연기가 피어올랐다. 해골의 텅텅 빈 눈에서 하얀 안광이 번쩍였다.

열한 마리라니.

소드 마스터의 숫자보다도 많잖아.

절망적이었다.

우리 아군을 지원하지 않는다면 데스 나이트에게 소드 마스터들이 몰살당할 가능성도 고려하지 않을 수 없는 부분이었다.

뒤쪽에서 발자국 소리가 들렸다.

고개를 뒤로 천천히 돌렸다.

우우웅―

검이 울음을 토하는 음향이 울렸다.

무거운 그림자가 온몸을 덮는 느낌.

델 키오르가 힘을 폭발시키며 달려나갔다.

쿠웅!

한 발자국 내밀며 바닥을 밟고 튕겨져 나가듯 떠올랐다. 바닥이 움푹 패었다.

빛처럼 나아가 검을 휘두를 때 소드 마스터들도 합세하기 시작했다.

나는 모든 소드 마스터와 델 키오르에게 속도를 올려주는 헤이스트와 검을 강화시키는 블레스 웨폰, 그리고 몸을 보호하는 아머 디펜스를 걸어주었다.

그리고 그들은 내 마법을 기다렸다는 듯이 한 단계 높은 2차원적인 공격력을 갖추었다. 데스 나이트들이 조금은 밀려나는 느낌을 받았는데, 그렇다곤 해도 방심할 순 없는 상황이었다.

나는 우선 그들을 돕기 전에 지금 가장 필요한 것이 무엇일지 생각했다.

"마법진!"

장 얀느가 준비해 놓는다는 마법진의 위치를 알아내야 했다. 사전에 그 위치를 상의하지 않았던 게 큰 문제가 되어 날 찾아왔다.

'빠른 시간 내에 찾아야 해.'

무슨 이유인지 몰라도 마왕의 본체가 움직이지 않고 소환만 하는 걸 봐서는 그가 본격적으로 움직이기 전에 주위 환경을 정리하고 마왕을 완벽히 마법진으로 유인할 수 있는 작전이 펼쳐져야 했다.

헤이스트와 윈드 워크를 시전해 움직임을 최적화시켰다.

파바밧—

나의 몸은 허공을 가르며 거의 날아가다시피 했다.

땅을 밟으며 한 발자국에 약 10피르를 쭉쭉 나아가는 것은 내 스스로가 놀라울 정도로 엄청난 속도였다. 실력이 늘고 나서 마나를 훨씬 자유롭게 다룰 수 있게 되었으니 속도 면에서도 훨씬 차이가 나는 것은 당연한 것이었다. 나는 바람처럼 질주하며 시력을 올려 주위의 환경 하나하나를 눈에 담았다. 혹시나 장 얀느가 있을까 집중력을 한시도 흐트릴 수 없었다.

"으아악!"

"크아악!"

성문 안쪽에서 비명 소리가 연속적으로 들려왔다.

나는 단숨에 성문 위쪽으로 도약해 올랐다. 허공으로 떠올라 성문 안쪽을 내려다보니 갈색 로브를 머리까지 뒤집어쓴 것들이 세 명, 검은 로브가 또 셋, 그리고 검을 들고 있는 두 명의 사내.

"아차!"

내가 깜빡해 버리고 말았다. 소드 마스터들이 모두 마왕 쪽으로 와버려 성을 지키는 건 병사들로서는 역부족이었다. 그나마 병력이 많아서 지금까지 버티긴 했지만 끝도 없이 몰려오는 상급 몬스터들을 막는 것이 언제까지나 계속될 수는 없는 것이었다.

휘이잉―

마력을 끌어올리자 나의 주위로 푸른 마나가 휘감기듯이 올라왔다. 손끝으로 마나를 모았고 마법을 짧게 캐스팅했다.

"랜스(Lance)."

투명하고 하얀 창 30여 개가 대량으로 생성되었다.

나는 정확히 몬스터가 집중되어 있는 곳을 겨냥했다. 그리고 좌표가 계산된 데로 빛의 창이 그 긴 몸을 날렸다.

쉐에엑!

퍼버버버버버버!

붉은 피가 머리 위로 치솟아올랐다.

"쿠워어억!"

"크워엉!"

콰아아앙!!

빛의 창이 몬스터의 몸을 뚫고 바닥의 지면과 충돌, 그리고 폭발된 영향력으로 주위 반경 10피르 정도가 거의 쓸려 버리다시피 했다. 부득이하게 아군까지 소수가 죽었지만 어쩔 수 없는 일이었다.

'그보다 골치 아프게 돼버렸어.'

장 얀느의 마법진을 찾아야 했고 에아르웬은 어디 있는지 알 수도 없는 상황. 록 켄드는 아직 머리카락 하나 보이지 않았다. 게다가 마왕이 언제 움직이기 시작할지도 모르는 상황.

복잡한 상황에 짜증이 치솟았다.

최대한 냉정을 찾으려 마음을 컨트롤했다.

무엇보다 바이슨 왕국의 피해가 최소화되어야 한다.

그렇지 않다면 결과는 시체뿐인 승리가 될 것이니!

피잉!

눈에서 검은빛이 터져 나왔다.

"흐아아아아!"

에너지를 집중시켰다.

마력이 내 양손의 끝에 몰렸고 구의 형태로 검붉은 마나가 창조되었다. 검고 붉은색의 연기가 피어올랐다. 매캐한 냄새. 주위 공기가 완전히 타버린다.

전부 최대한 몬스터에게서 거리를 두어라!

내 외침이 끝나자마자 군사들이 내 쪽을 한번 본 뒤 이를 꽉 물며 반대쪽으로 혼신을 다해 달렸다.

쿠구구구!

거대한 힘에 지반이 흔들린다.

그리고 압도적인 마력에 몸이 굳어버린다.

우글우글 모여 있는 몬스터들을 향해 비웃음과 함께,

"다크 에너지!"

나는 생성된 에너지를 양손으로 붙잡았다.

온몸으로 흘러들어 오는 검은 에너지에 온몸이 격렬하게 흔들렸다. 이것은 일종의 정신계 마법에 해당하는 것으로 나보다 마법적 능력이 강한 생물체에게는 소용이 없지만 마력이 약한 생물체에게는 막대한 힘을 나타내는 마법이다.

몬스터들이라고 해봐야 마력이라고는 아주 본능적으로 지닌 소량뿐일 것이다.

고로 이 마법에 당하는 것들은 오직 죽음뿐이다.

하지만 막대한 마력을 필요로 하기에 아무리 지금의 내 실력이라고 해도 약 일백여 마리에게밖에 쓸 수 없었다.

나는 몸의 반응 속도를 올려 몬스터들 속으로 파고들어 갔다.

수많은 몬스터들을 지나 거의 중심쯤에 왔다고 생각되었을 때 이 모은 힘을 개방시켰다.

"블랙 파워 워드 킬(Black power word kill)!"

내 발아래에서 거대한 회오리가 생겨났다.

마치 거대한 바다의 회오리 물결처럼 몬스터들이 이 검은 회오리에 빨려 들어가기 시작했다.

비명조차 지르지 못하고 그 검은 공간 속에 빨려 들어갈 때 그들은 마치 먼지가 흩날리는 것처럼 완전히 이 세상에서 사라졌다.

뼈도 남지 않는 완전한 소멸.

내 주위는 흔적도 없이 사라졌다.

오로지 바닥에 떨어진 핏물만이 방금 전 무시무시한 몬스터들이 존재했다는 것을 증명하고 있었다.

거대한 파도가 휩쓸고 지나간 것처럼 완전히 정리된 후 몬스터들은 그 거대한 힘에 전의를 상실했다.

소름 끼치는 능력에 당연히 본능적으로 몬스터들은 겁을 집어먹을 수밖에 없다.

분노를 뛰어넘는 극단적인 공포가 찾아오는 것이다.

내가 지원하는 아군들이라고 다르지 않았다.

바들바들 떠는 것이 저래서야 전쟁이 가능할지 의심될 정도였다.

"이래서는 해결이 안 돼."

바닥에 떨어져 있는 하나의 검을 집어 들었다.

나는 검을 위로 치켜 올리며 소리쳤다.

화살 공격!

내 마나를 통한 외침에 정신을 차린 군사들이 집중적으로 활만을 들어 시위를 당겼다. 정신을 놓고 있는 몬스터들은 완전한 무방비 상태였다.

화살들이 온몸에 틀어박혀 고통 어린 음성을 내지르며 바닥에 도미노처럼 쓰러졌다.

잠시 동안 마나는 접어두고 검을 써서 시간을 조금 벌며 마력을 모아야 할 것 같았다. 나는 검에 작은 마나만을 쳐버린 뒤 검을 휘둘렀다.

슈가가각—

언제부터인지 검과 하나가 된 느낌이 들었다.

그리고 지금 이 순간 무언가가 머릿속에서 번쩍였다.

내 온몸에서 검은 빛이 와장창 깨어지더니 빛이 쏟아져 나왔다. 그리고 검에 거대한 기운이 어리는 것을 느꼈다. 나는 편안히 그 기운을 다스리며 검을 휘둘렀다.

단 한 번 휘둘렀을 뿐이었다.

콰과과과각!

검이 한줄기의 굵은 선을 그렸다.

땅이 깨어지고 갈라졌다.

쿠구구궁!

그 거대한 오러는 약 30여 몬스터를 휩쓸고 지나갔다.

손이 쩌릿쩌릿했다.

아프다기보다는 가슴이 두근거리는 감각이었다.

대량 살상 능력이 손끝에서 느껴지는 기분은 엄청난 것이었다. 내가 검을 다시 들어 올려 한 발자국 걸어나갔을 때 뒤에서 서늘한 무언가가 나를 향해 다가오고 있는 것을 느꼈다.

휘이이잉

스각—!

머리카락이 살짝 잘려 나갔다.

자칫하면 목이 날아가 버릴 뻔했다.

아직 살아 있었다.

여섯 명의 로브를 뒤집어쓴 놈들이.

분명히 굉장한 실력을 갖추고 있는 녀석들이 틀림없었다.

풍기는 기운도, 그리고 내가 공격할 때 순식간에 몸을 피한 그 능력도 예사롭지 않았다.

"정체를 밝혀라."

여섯 명 중 가장 키가 큰 이가 내 쪽으로 걸어나왔다.

휘익—

머리를 덮고 있던 것을 벗겨내고 얼굴이 드러났다.

검버섯이 여기저기 피어 있었다.

앞머리가 좀 없는 노인.

체격은 앙상하게 마른 것처럼 보였다. 하지만 눈빛만큼은 그 무엇보다 두껍고 무거웠다.

꽤나 묵직하다.

기세도 존재감 자체마저도.

"우리의 정체를 알고 싶은가, 청년이여."

나는 피식 웃으며 고개를 저었다.

"좋은 의미로 온 건 아닌 거 같은데… 안 그래?"

그는 가늘게 웃었다.

"그렇지."

나는 고개를 끄덕였다.

"그럼 긴말이 필요없겠어."

검에서 거대한 폭발음 소리가 났다.

쾅쾅콰아앙!

단지 힘을 집중시켰을 뿐인데 거대한 음향 소리가 났다.

거센 풍압에 그들의 로브가 펄럭거리고 모래바람이 사방으로 불었다.

"이야기를 조금은 나누고 싶은데……."

"지금은 전쟁 중이다. 이런 순간에 이야기라니? 제정신으로 하는 말이냐?"

검을 대각선으로 그었다.

키이잉!

귀를 찢는 듯한 소리였다. 굉음이 터지며 검에서 쏟아진 오러가 노인에게로 향했다.

키 큰 노인은 마치 몸이 물에 잠기듯이 사라졌다.

거대한 빛줄기는 노인만을 제외하고 모두 적중.

그러나 실체가 없었다.

옷만이 잘려 나간 것이다.

로브 안에 인체는 없었다.

눈속임이다.

왼쪽 위에서 불로 만들어진 화살이 쏟아져 내렸다.

바리어 마법으로 방패막을 형성했다.

불화살은 보호 마법에 막혔지만 주위는 완전히 불바다가 되었다. 전염이 강한 이 불길은 조금만 시간이 지나면 성을 다 태워먹을 만큼 강했다.

냉기를 일으켜 불길을 막은 뒤 나는 뒤로 물러나며 검을 고쳐 잡았다.

"정말 마법체계로군. 마법의 유동이 보통의 마법사와 완전히 달라."

나는 깜짝 놀랐다.

나도 모르게 눈을 동그랗게 뜨며 물었다.

"마법체계를 알아? 당신이?"

"알고말고."

나는 침을 꿀꺽 삼켰다.

그의 여유로운 표정이 더욱 나를 긴장시키고 있었다.

"브로크웨이?"

그는 고개를 저었다.

"그럴 리가 있나."

"그럼?"

그는 싱긋 웃었다.

나는 속이 답답해졌다.

"목숨이 떨어지기 전에 정체를 밝히는 게 좋을 텐데."

그는 끌끌거리며 웃었다.

"꽤 답답한 모양이야. 궁금한 걸 못 참는 성격이시구만."

"당신이 궁금하게 만들었잖아!"

"나는 이클레이드의 제자다."

두근!

심장이 펄떡펄떡 뛰었다.

"제… 자라고?"

그는 고개를 끄덕였다.

"설마… 나 말고 마법체계를 성공했다는 자가 있다는 뜻인가?"

"지금까지 꽤 큰 착각을 해왔었던 거구나."

"나는 마법체계를 초월했다."

"그래서?"

나는 확신에 찬 음성으로 말했다.

"당신은 나를 이길 수 없어."

"내 나이 서른이다."

"뭐?!"

그는 주름이 가득한 얼굴로 히죽 웃었다.

"악마에게 젊음을 팔았지."

"젊음을 주고 힘을 얻었다는 말이냐?"

"왜 아니겠어."

나는 어금니를 꽉 깨물었다.

얼굴이 완전히 일그러졌다.

"그런 하찮은 계약으로 날 이길 수 있을 거라 생각하는 건 실례다, 영감탱이."

위이잉!

검이 당장이라도 힘을 토해내려고 흔들거렸다.

그는 무기를 가지고 있지 않았다.

양팔을 활짝 좌우로 벌리곤 내게로 걸어왔다.

마치 마음껏 공격하라는 듯이.

"날 너무 우습게보지 않는 게 좋을 텐데."

"너 같은 꼬맹이에게 패한다면 체면이 살지 않지."

"젊음을 팔면 정신적 나이까지도 성장하는 건가?"

그는 클클거리며 고개를 저었다.

"아니."

"그럼 입 닥쳐. 날 가르치려면 적어도 50년 후에 찾아와라."

"50년 후라… 50년 후까지 내가 살 수 있을지 모르겠군."

그를 공격하려는 순간 나는 멈출 수밖에 없었다.

그가 내게 완전히 살기를 거둔 것이다.

함정인가?

나는 주위에 마법진이 있을 확률을 생각해 마나를 대지에 퍼뜨렸다. 확인해 본 결과 마법진 같은 건 없었다. 그런데 어째서?

"하하하하! 정말 재밌는 친구로군."

"무슨 짓이야?"

"너와 싸울 생각은 없다."

"뭐?"

"실은 난 마법사의 탑에서 돌아온 바이슨의 궁정마법사다."

그가 바이슨의 문장이 찍힌 인장을 보여주었다.

"이곳은 내가 맡을 테니 어서 마왕을 처리해. 설마 다 늙은 노인에게 그런 귀찮은 일을 맡기려는 건 아니겠지?"

"어떻게 그런……."

"시간 끌지 마. 한시가 급하다."

나는 고개를 숙였다.

"죄송합니다."

"됐어. 쩝, 시간이 없어서 더 이상 장난도 못 치겠군."

"그런데 왜 절 공격했던 겁니까? 그리고 어째서 이렇게까지……."

"아군인지 적군인지 테스트가 잠시 필요했거든. 상황을 대충 지켜본 뒤 너에 대해서 잠시 점검해 본 것뿐이야."

나는 뒷머리를 긁적거렸다.

"뭐, 잘 이해는 안 되지만 어쨌든 이곳을 잘 부탁드립니다."

서둘러 마왕을 처치하기 위해 그를 지나치고 텔레포트를 시전하려고 할 때였다.

"이보게."

노인이 나를 불렀다.

"무슨 일이십니까?"

"웬 사내가 마족계 마법진을 그리고 있던데… 혹시 아는 사람인가?"

"아! 네, 그렇지 않아도 찾고 있습니다. 어디 있습니까?!"

다급한 내 질문에 그는 갸웃거렸다.

"어디더라……. 아, 그래. 그곳으로 가보게나."

그가 내게 마법으로 귓속말을 전했다.

Chapter **48**
강림

콰르릉!

밤이 왔다.

먹구름이 몰려왔고 비가 내렸다.

쏴아아아!

군사들의 체력은 더욱 떨어질 것이다.

야생에서 살던 몬스터들이야 비 따위는 아무것도 아니다. 하지만 이 추위와 빗물에 젖는다면 군사들의 전력은 급격하게 떨어질 것이 틀림없었다.

마법사탑에서 돌아왔다던 그 노인네가 잘해주어야 할 텐데.

그것보다 내겐 마왕이 우선이지.

딴생각할 겨를이 없다.

빗물 때문에 무거운 몸을 이끌고 성문 입구를 지났다.

쩌어억!

큰 소리가 울리고 바닥에 누군가가 무릎을 꿇는 것을 보았
다.

마지막으로 쓰러진 것은 데스 나이트였다.

머리가 쪼개지며 하얀 연기가 하늘 위로 스르륵 올라갔
다.

데스 나이트는 모두 죽은 듯했다.

하지만 델 키오르를 제외한 소드 마스터들 역시 바닥에 쓰
러져 있었다.

"네 명은 사망. 세 명은 중상이다."

델 키오르가 내게 비틀거리며 걸어왔다.

"쿨럭!"

피를 한 움쿰 토해내며 한쪽 무릎을 꿇었다.

검을 바닥에 박아 중심을 잡으며 짜내듯이 말했다.

"곧 마왕이 곧 깨어날 것 같아."

"뭐?!"

나는 마왕을 올려다보았다.

눈에서 뿜어져 나오는 빛이 조금씩 강해지고 있었다.

나는 힐로 델 키오르를 치료하고 중상인 소드 마스터들에게도 힐을 시전했다. 하지만 내상이 강한 것인지 힐로 외상을 치료해 주어도 쉽게 일어나지 못하고 있었다.

델 키오르는 간신히 설 수 있는 정도였다.

"소드 마스터 일곱과 델 키오르 너까지 합세했는데도 이런 결과라니……."

"저 마왕이 이대로 계속 소환만 한다면 우리 쪽이 불리해. 소환하기 전에, 아니, 설사 소환한다고 해도 우선적으로 마왕을 쓰러뜨려야 한다."

델 키오르의 말에 나는 분노가 치밀어 올랐다.

"록 켄드, 이 개자식은 대체 어딨는 거야!"

"늦어서 미안하다!"

마왕의 머리 쪽 위였다.

높은 하늘에서 떨어진 록 켄드가 마왕의 뒷목에 창을 꽂아 넣었다.

푸우우우욱!

피이잉!

가격당한 곳에서 새하얀 빛이 흘러나왔다. 그리고 그 순간부터 마왕의 석상처럼 굳어 있던 몸이 움직이기 시작했다. 팔을 휘둘러 록 켄드를 쳐버렸다.

퍼어억!

록 켄드는 지면으로 날아가 바닥을 나뒹굴었다.

먼지가 날아오르자 비틀거리며 일어선 록 켄드가 입에 물고 있던 핏물을 내뱉었다.

"감히 이 몸을 때려?"

덥석!

나는 나도 모르게 달려가 이 혼란의 시점에서 록 켄드의 멱살을 움켜쥐고야 말았다.

"에아르웬 어딨어!"

그는 내 팔을 거칠게 뿌리쳤다.

"안전하니 걱정하지 마. 저 마왕을 물리치면 그녀가 있는 곳에 데려다 줄 테니!"

"이 비겁한 놈!"

그가 기가 찬다는 듯 웃었다.

"누가 누구에게 비겁하다고 하는 건가? 도망만 치는 겁쟁이 주제에. 너 같은 놈은 세상이 어떻게 되든 상관없겠지!"

"너 역시 세상이 아닌 너만을 위한 길이잖아!"

"아니!"

록 켄드는 초점이 멈추어 버린 나를 지나쳐 걸었다. 그는 잠깐 멈추어 서서 등을 보인 채로 말했다.

"난 도망치는 게 아니야. 정면으로 맞서 싸우는 거다. 착각하지 마라, 로크. 너와 난 엄연히 달라."

대답할 수 없었다.

그의 너무도 당당한 말에 나는 더 이상 대답할 수 없었다.

"그녀를 찾고 싶다면 저 자식을 쓰러뜨려야 해. 너와 내가 함께 살 수 있는 길은 오로지 그것뿐이다. 너의 경우 그 이유가 단지 하나의 엘프 때문일지라도."

나는 눈을 지그시 감았다.

웃음이 나왔다.

"록 켄드."

그가 나를 살짝 흘겨보았다.

"나란 놈은 정말 형편없는 놈이네."

"이제 알았냐."

나는 깊게 숨을 내쉰 뒤 록 켄드를 보았다.

"겁쟁이 로크라도 상관없다면 함께 하자. 도와주마."

"이 몸과 함께라면 겁쟁이라도 상관없어. 사실 그 무엇도 어렵지 않지."

"그놈의 잘난 척은 끝이 없군."

나는 마왕에게로 걸어갔다.

마왕의 고개가 휘르륵 돌더니 그의 눈빛이 나와 마주쳤다.

등골이 서늘했다.

빛에 번쩍이는 두 눈동자는 실감나는 공포를 느끼게 해주었다.

"장 얀느가 마법진을 준비해 놓았다. 그곳으로 유인해야 해."

내가 마법언어로 장 얀느가 준비하고 있는 위치를 전달했다.

록 켄드가 곧장 알아듣고 고개를 끄덕였다.

"그럼 시작하자!"

사인이 떨어지는 즉시 우리는 양쪽으로 갈라지며 접근을 시도했다.

2

거대한 몸체가 움직일 때마다 온몸이 흔들렸다.

나의 감정마저도 흔들리는 것만 같았다.

혼이 빠질 정도로 존재감 자체가 공포를 줄 거라는 사실은 전혀 생각지도 못한 것이었다. 한 발자국을 옮기며 성으로 다가오는 그를 어찌해야 장 얀느가 있는 곳까지 유인할 수 있을까.

소드 마스터들은 모두 몸을 피한 상태.

록 켄드와 델 키오르, 그리고 나까지 합쳐 봐야 셋이었다.

부활하지는 않았다고 해도 마왕은 마왕이다.

인간계에서 그의 힘은 10분의 1도 되지 않겠지만 그 10분의 1이 어디 작은 힘일까.

터무니없는 소리.

어쩌면 오늘 바이슨이라는 나라는 지도에서 완전히 소멸되어 버릴지도 모른다. 그리고 사라지는 순간 파멸과 재앙의 시작이 예고된다.

번뜩!

마왕의 유령처럼 번쩍거리는 두 눈이 우리에게로 향했다.

가장 강력한 힘을 가진 가장 가까운 곳이 우리 쪽이라는 것을 인지한 것 같았다.

"누군가가 시선을 끌어줬으면 좋겠는데……."

델 키오르는 넓게 시야를 가지며 기회를 노렸다. 언제 어느 방향으로 공격할지 생각하며 예측하고 있을 때에 마침 타이밍 좋게 록 켄드의 시원한 목소리가 들렸다.

"드디어 때가 왔어!"

웃어?

록 켄드는 분명 웃고 있었다.

확실히 그는 지금 이 순간을 기다려 왔다는 표정이었다. 지금까지 어떻게 참아왔을까 싶을 정도로 불타오르는 표정이었다.

이를 꽉 물고 반드시 쓰러뜨리겠다는 열망의 눈빛이 일렁이는 것을 보았다.

슈가각!

록 켄드의 창에서 뻗어 나온 빛줄기가 마왕의 몸을 향해 날아갔다. 그것을 비웃기라도 하듯이 마왕의 몸이 엷어지더니 순식간에 자리를 이동했다.

휘이잉!

팔을 휘둘렀는데 그 힘에 절망감이 몰려올 정도였다.

퍼어억!

끔직한 소리가 터졌다.

뼈가 으스러지고 살이 찢어져 상처가 크게 벌어지는 소리가 틀림없었다. 충격을 받고 아래로 추락하는 록 켄드를 손으로 잡았다.

"쿠워어어어!"

오금을 저리게 만드는 괴성이었다.

온몸을 뒤흔드는 소리에 나는 전신이 공포로 옥죄어오는 것을 실감했다. 손과 발이 떨렸지만 지금 이 순간의 공포심을 반드시 이겨내야만 했다.

이야기 속에서 마왕을 무찌르는 낡고 낡은 이야기처럼 간단한 문제가 아니었다. 현실은 훨씬 참혹하며 비정하기 그지 없다. 한순간의 실패가 세상을 지옥의 구렁텅이로 만들 수 있는 것이다.

"크아악!"

고통스런 비명을 질러대지만 마왕은 코웃음을 치듯 록 켄드를 바닥에 내팽개쳤다.

터어엉!

마치 장난감을 집어 던지듯이.

온몸을 피로 물들이며 바닥을 구른 록 켄드가 거친 호흡으로 피를 흘리고 있을 때 뒤쪽에서 기회를 잡은 델 키오르가 마왕의 등을 향해 검을 그었다.

쉬익—!

긴 궤적을 그리자 마왕은 화끈한 통증을 느낀 듯 드디어 첫 비명을 질렀다. 고막이 나가 버릴 정도로 시끄러운 음성이 성을 뒤흔들 듯 요란하게 울렸다.

"쿠워어어어!!"

그것은 흡사 몬스터들이 떼거지로 비명을 지르는 것 같은 소리였다. 이제부터 본격적인 공격이구나라고 생각했었지만 지금 눈앞에서 벌어지는 현실을 더 이상 현실이라고 믿고 싶지가 않았다.

흐물흐물하고 긴 팔이 늘어지더니 마왕의 손이 바닥 아래로 쑤욱 들어갔다. 그리고 대지는 온통 초록빛으로 물들기 시작했다.

풀이 바람에 흔들리는 것처럼 초록빛 무늬가 현란하게 대지 위에서 춤을 추었다.

스르륵—

대지 표면 위로 초록색의 형태로 생성된 요정처럼 작은 크기의 그것들은 모두 약 50여 마리였다. 내 마나가 기억하는 그 성질은 '불'로써 폭발의 능력을 예감했다.

"델 키오르, 몸을 피해!"

"몸을 피하라니?"

그렇다는 것은 자폭성일 가능성이 컸다.

마계에서 소환된 자폭 요정.

책에서 읽은 적이 있는 것 같았다.

분명한 내용이 머릿속에 떠올랐다.

이 마력은 실로 어마어마한 것으로써 단 한 마리로도 주위 5피르는 흔적도 없이 정리해 버리는 무시무시한 힘이었다. 그런 것들이 나풀나풀 날아올라 델 키오르를 겨냥하고 있었다.

그런데도 델 키오르는 그것을 마치 환상을 보는 것처럼 멍하니 서 있었다.

"도망치란 말이야!"

파룻!

작은 날갯짓.

순식간에 빨라진 속도로 그들의 몸은 델 키오르를 향해 쇄도해 날아갔다. 피할 생각도 없는 듯 마치 홀린 것처럼 델 키오르의 눈동자 초점은 정지해 있었다.

그리고 약 3초간 빛이 번쩍였고 이내 거대한 폭발이 온몸을 밀어냈다.

콰아아아앙!

그 힘의 파장에 뒤로 밀려난 나는 하얗게 올라오는 연기를 뚫고 델 키오를 찾았다. 그는 브로크웨이로서 적이었지만 더 이상의 욕심을 포기하고 나에게 도움을 준 사람이었다.

이대로 죽을 리가 없어.

이렇게 쉽게 죽을 리가 없잖아.

바닥이 움푹 패인 곳에 검은 그림자가 누워 있었다.

나는 소리쳤다.

"왜 피하지 못한 거야, 이 멍청아!"

격해진 감정 때문에 목이 메어왔다.

"아직까지 너에게 궁금한 게 얼마나 많은데……."

하나같이 나를 떠나가는 것만 같은 기분이 들었다.

이젠 혼자이기 싫어.

내 옆에 누구라도 좋으니까 있어달란 말이야!

터벅터벅―

힘없는 걸음으로 그림자에 다가가니 새카맣게 타버린 한 시체가 누워 있는 것을 확인할 수 있었다.

참을 수 없는 분노가 전신을 휘어 감았다.

언제나처럼 느껴왔던, 그리고 사용해 왔던 어둠의 기운이 본능적으로 온몸에서 뿜어져 나오려 하고 있었다. 하지만 나는 그 검은 기운을 억누르며 빛의 마법을 몸에 심을 수 있도록 노력했다. 그리고 그동안 델 키오르와 있었던 일들이 주마등처럼 머리를 스치고 지나갔다.

뻐드드득!

등에서 하얀 날개가 돋아나 펄럭거리며 하얀 깃털이 흩날렸다. 악마 사탄이 아닌 대천사 루시퍼의 빛의 힘이었다.

빛의 창이 손에 쥐어지고 온몸은 하얀 마나의 막으로 둘러싸였다.

온몸에서 수증기처럼 하얀 기류가 피어올랐다.

눈은 차분하게 가라앉고 차가워진 마음은 수면 위로 떠오르듯 천천히 올라와 가슴을 가득 메웠다.

마계의 주문으로 예상되는 언어들이 마왕에게서 흘러나왔다. 그리고 그 육중하고 무거운 주문 영창이 끝이 나고 하늘에서 빛줄기가 쏟아져 내렸다.

그 빛줄기는 점차 형상을 이루더니 이내 거대한 빛 덩어리가 되었다. 막대한 양의 마력을 느낄 수 있었다. 그것은 하나의 마나로 이루어진 물질체 같았다.

록 켄드는 탄식 어린 음성을 내뱉었다.

"바람의 대정령……."

대정령이라고? 나는 록 켄드가 내뱉은 말이 거짓이기를 바랐다. 하지만 대정령이라. 이클레이드라는 마법 덩어리도 처리했는데 대정령이라고 상대하지 못할까.

어차피 마법 싸움에 중간계에서 밀릴 거라곤 생각지 않는다. 나 역시 성장을 했고 강해졌어.

설사 나보다 강하다 해도 나는 극복해 내겠다.

대정령의 하얀 날개가 하얀 은가루를 뿌리는 듯한 착각을 주며 펼쳐졌다. 그리고 아주 천천히 펄럭였다. 어차피 마나로 인해 떠 있는 힘에 불과한 주제에 그런 거추장스런 날개 따윈 필요없잖아, 이 겉멋에 찌든 자식아.

"그 아름다운 날개를 내가 직접 뜯어주마."

내 말을 들었을까.

그로 인한 분노일까.

바람의 대정령에 의해 주위에 거센 바람이 불기 시작했다. 몸이 뒤로 밀려날 정도로 강한 바람이었다. 나 역시 이대로 물러날 수는 없는 법.

마력을 끌어올리자 양손이 파랗게 물들었고 푸른 기운이 어른거렸다.

어차피 주변에 아군은 없었다.

소드 마스터들도 모두 대피했고 마왕과 대정령만이 위치

해 있는 상황이었다.

모두 최대한 마왕과 멀어져!

내 외침이 터지는 즉시 하늘에 구멍이 뚫렸다.

구름이 활활 타오르듯 붉어진 구름 사이로 거대한 운석이 떨어져 내렸다.

메테오!

운석을 소환하는 마법이다.

거대한 운석이 떨어져 내리는 것을 바라보던 바람의 대정령은 곧 힘을 일으키기 시작했고, 바람의 힘과 떨어져 내리는 운석의 힘이 맞부딪쳤다.

콰아아앙!

공중에서 부딪친 힘으로 인해 하늘에서 불꽃이 떨어져 내렸다. 마치 폭죽처럼 터지며 화려하게 서로 충돌된 힘에 의해 운석은 깎여져 나갔다.

나는 지금 기회를 노려 연이어 마법을 캐스팅했다.

"드래곤 브레스."

화룡의 숨결을 연상시키는 힘으로써 거대한 불기둥이 내 손에서 뻗어져 나갔다. 그것이 즉시 대정령을 덮어버렸다. 대정령의 비명 소리는 생각보다 훨씬 끔찍했다.

끼아아아아악—

자체적으로 발광하던 빛이 약해졌다.

심지어 그 존재 자체가 흐릿해져 버릴 정도였다.

나는 멈추지 않고 공격을 계속했다.

"썬더 스톰!"

번개 폭풍이 불어닥쳤다.

하얗게 번쩍이는 번개들이 대정령을 향해 날아갔다.

콰과과과과광!

거대한 폭발음이 귀를 쩌렁쩌렁하게 울렸다.

완전히 제거했다고 생각했을 때쯤 어마어마한 크기의 주먹이 내게로 날아오고 있었다.

그것은 막대한 양의 오러를 가지고 있어서 단순한 주먹질과는 차원이 다른 것이었다. 나는 순간적으로 텔레포트를 기적적으로 사용했다.

도저히 막을 자신은 없었기에 아슬아슬하게 피해낼 수 있었던 것이다. 이 주먹질 한 방에 내 붉은 갑옷이 너덜너덜해졌다. 나는 거칠게 숨을 몰아쉬며 마왕에게 마법을 걸었다.

이제 드디어 정면 승부다.

무엇보다 마왕을 쓰러뜨리는 것이 주된 목표였다.

물리쳐 주마!

"그라비톤."

그라비톤은 중력을 제어할 수 있는 마법이다.

마왕만을 겨냥한 그라비톤이기에 그의 움직임은 둔해질 수밖에 없었다. 팔과 다리를 허우적거렸는데 '쾅쾅!' 거리는 소리와 함께 마나가 유리창처럼 여기저기 깨졌다.

조금만 더 시간이 흘렀다가는 그라비톤이 완전히 해제될 상황이었다.

쉬이이익!

슈각!

"크워어어어!"

록 켄드가 발현한 힘이 마왕의 등을 베었다.

그 틈을 타 나는 서둘러 거대한 암흑 마법을 캐스팅했다.

처음 시도하는, 그리고 반드시 통해야 한다는 간절한 마음을 담았다.

거대 암흑 마법의 힘을 모으기 위해 마력을 일으키자 발아래에서 마법진이 생겨나고 온몸이 검은색으로 물들었다. 하얀 눈을 떠 주문을 캐스팅했을 때 날개가 검게 변하더니 마법이 발현되었다.

"죽음의 시간."

마법진의 어지러운 문양이 마왕의 가슴에 새겨졌다.

이 마법은 일종의 타임어택이었다.

일정 시간이 지나면 그 마법의 힘이 풀리며 죽음으로 치달

게 되는 강력한 공격 마법이 발현되는. 그러니까 지금부터 약 30여 분 후 파괴적인 힘이 시작된다는 뜻이다.

시간이 걸리는 만큼 그 힘은 실로 어마어마했다.

"조금만 시간을 벌면 가능성이 있어!"

록 켄드의 창끝에서 거대한 오러가 일렁였다.

그의 시선은 마왕을 향해 있었다. 파멸하고픈 욕망이 가득 찬 눈빛이었다.

콰르르릉—

본인 자신이 일으킨 힘 때문에 땅이 움푹 패어가고 땅이 흔들렸다. 마왕의 유령 같은 눈동자가 록 켄드를 잡아냈다.

마계의 힘과 마계의 힘이 충돌했다.

쿠르릉!

검은 먹구름 같은 것이 대지를 거의 가득 채웠다.

검은 연기가 퍼져 나가며 그 연기는 땅을 검게 물들여 나가고 있었다. 이대로 보고만 있을 수는 없었다. 난 하늘 위로 날아올랐다. 그런데 그 순간 거대한 손이 검은 연막 같은 것을 뚫고 나오며 나를 움켜쥐었다.

휘이익!

나를 바닥을 향해 내팽개쳤다.

터어엉!

엄청난 속도로 날아가 대지와 충돌했다.

온몸의 뼈가 부서지는 듯한 통증이 전신을 휘감는다.

먼지가 확 피어올랐다.

바닥을 뒹굴며 바닥에 길게 핏자국이 새겨진 흔적을 본 나는 이를 갈았다.

"젠장……."

충격이 상당하다.

날개는 부러진 것 같았고 온몸의 뼈마디는 성하지가 않은 것만 같았다. 흔들리는 몸의 중심을 어렵게 잡고 일어났을 때 머리 위쪽에서 '피이잉' 거리는 얇은 소리를 들었다.

고개를 들어보자 하늘에서 거대한 암흑의 빛줄기들이 쏟아져 내리고 있는 상태였다.

나는 커다란 동공으로 그것을 바라보다가 이내 마왕이 발현한 힘인 것임을 뒤늦게 알아채고 급히 보호 마법을 캐스팅했다.

"그레이트 바리어!"

마치 소나기처럼 쏟아지는 그 검은색의 빛줄기 때문일까.

성 쪽에서 끔찍한 비명들이 메아리처럼 들려왔다.

외곽 곳곳이 무너지고 있는 상태였고 자칫하다간 성 자체가 완전히 무너져 내릴 수도 있을 정도의 영향력이었다.

쿵쿵거리는 발소리를 내며 성문으로 느릿느릿 걸어갔다. 걸음은 느렸지만 워낙 거대하기에 한 걸음 한 걸음이 엄청난 거리라 성문 앞에 도착하는 것은 순간이었다.

주먹을 뒤로 젖히자 팔에서 흑색의 오러가 휘감겼다.

집중된 마계의 에너지가 팔을 내뻗는 순간 표출되기 시작했다.

콰아아앙—!

성문이 완전히 날아가 버렸다.

근처에서 싸우고 있던 병사들과 몬스터들은 완전히 소멸된 것처럼 형체도 남지 않고 사라져 버렸다. 거의 성의 3분의 1이 날아간 셈이었다.

성문이 날아가고 도시가 위험에 빠질 수 있는 상황이었다.

"대체 장 얀느는 어디 있는 거야!"

왕의 명령이었을까.

어느새 성문 뒤쪽으로 돌아온 병사들이 용감하게 마왕을 향해 공격을 시작했다.

얼핏 보니 병력의 숫자는 약 5만 정도였다.

엄청난 숫자.

그러나 이것은 사람과 개미의 싸움이 될 것이 틀림없었다.

휙휙휙!

화살이 빼곡하게 쏟아졌다.

다행이라면 다행일까.

시선을 돌릴 수 있었기에 마왕의 접근이 도시 쪽이 아니라

다시 성문을 나와 병사들에게로 향할 수 있었다. 시간은 벌수 있지만 그로 인한 병력 피해는 심각할 것이다.

쿠웅! 쿠웅! 쿠웅!

몸이 들썩거릴 정도로 큰 발소리를 내며 마왕이 움직이기 시작했다. 화살을 쏘고 쏘아도 전혀 데미지를 입지 않는 마왕의 모습에 군사들의 얼굴이 하얗게 질렸다.

하지만 곧 함성을 지르고 검을 든 군사들이 공격해 들어갔다.

하지만 너무도 큰 차이가 벌어질 수밖에 없는 것은 어쩌면 당연했다.

마왕의 손바닥에서 붉은 기류가 쏟아져 내렸다.

그 기류는 순식간에 군사들의 몸을 찢어발겼다.

"크아아악!"

"으아악!"

끔찍한 비명이 집중된 곳에서 울려 퍼졌다.

팔과 다리가 찢어지고 군사들의 피와 마왕의 붉은 기류가 합쳤을 때 새로운 몬스터가 탄생했다.

온몸이 붉은 사람의 형상을 한 것들이 군사들의 검을 주워 들고 공격을 시작한 것이다.

마왕은 군사들 사이로 걸어가며 손으로 마치 벌레를 걸어 내듯 치워 버리고 있었다. 그걸 보고 있던 록 켄드가 이를 꽉 깨물며 득달같이 달려들었다.

"나약한 자식들 같으니!"

록 켄드가 다가가자 마왕이 돌아보면서 힘을 일으켰다.

지진이 일어나며 땅이 쩌저적 갈라졌다.

―록 켄드!

처음 듣는 마왕의 음성이었다.

록 켄드를 이제야 알아본 듯 마왕의 눈이 무섭게 번쩍였다.

―어찌 마계인이 나를 가로막는가?!

"큭! 마계인? 하하하하하!"

크게 웃음을 터뜨리며 록 켄드가 힘을 끌어올렸다.

록 켄드를 중심으로 원형으로 거대한 힘의 파장이 일어났다.

쫘르르릉!

"네놈을 소멸시키는 것이 나의 운명."

―우스운 소리. 어찌 미개한 인간이 마계를 이기겠는가.

"잊었나? 나는 마족이다. 그것도 최상급의!"

마왕의 웃음소리가 들려왔다.

속이 울렁거릴 정도로 소름 끼치게 기분 나쁜 웃음소리였다.

―글쎄. 부활 직전이라도 네놈 정도의 수준을 처리하지 못할 것 같으냐.

"길고 짧은 건 대봐야 아는 일이겠지."

록 켄드의 창에서 큰 창풍이 불었다.

콰지지직!

뇌전의 힘이 발현되었다.

전력으로 휘감긴 창끝에서 거대한 오러와 함께 록 켄드는 팅겨 나가듯 쏘아져 나갔다.

거대한 흑색의 마계의 힘이 휘감겨 있는 마왕의 주먹과 록 켄드의 창이 맞부딪쳤다.

마계의 힘이 서로 충돌하자 보라색 빛깔이 그림처럼 아름답게 번졌다.

그 힘의 파장에 많은 사람들이 죽었다.

나까지도 속이 완전히 엉망이 되어버리는 고통을 느껴야 했다. 입에서 피가 흐르고 온몸의 근육이 찢어지는 느낌이었다. 주위에서 보고 있는 내가 이럴진대 록 켄드는 얼마나 힘이 들까.

록 켄드의 표정은 완전히 일그러져 있었다.

이대로는 록 켄드가 이길 수 없을 것만 같아 도와주려는 순간에는 이미 늦은 상태였다.

록 켄드의 뇌전력이 약해지기 시작했다.

마왕의 힘이 록 켄드를 집어삼키는 데는 약 15초도 걸리지 않는 짧은 시간이었다. 길게 느껴졌지만 너무도 짧았던 시간이었다.

파아아아—

그 빛에 완전히 휩싸여 버린 록 켄드는 뒤로 밀려나며 몸이 공중에 떴다. 그리고 온몸에서 피가 사방으로 흩뿌려지며 입에서 굵은 피를 한 움큼 쏟아내 버렸다.

바닥에 떨어져 몇 번이나 굴러 나가떨어졌다.

설마 죽은 건가?

내가 놀라 뛰어가 보니 몸을 꿈틀거리는 것이 아직 죽지는 않은 모양이었다. 그가 죽으면 에아르웬도 찾을 수 없다. 나는 필사적으로 힐을 시전했다.

온몸이 하얀 빛에 휩싸이자 조금 정신을 차리는 듯 눈을 떴다. 나는 그에게 소리쳤다.

"회복하고 있어! 그동안 내가 상대할 테니 넌 반드시 살아야 한다!"

"젠장… 체면 안 서는군. 일단은 부탁한다. 쿨럭쿨럭!"

마왕은 어느새 성문 쪽으로 다가가고 있었다.

봉인의 열쇠를 구하기 위해 발걸음이 다급해지고 있었다.

마왕으로서의 부활의 시간이 가까워올수록 그는 점점 강한 정신력을 회복해 나가고 있었다. 이대로 시간이 더 흐른다면 정말 돌이킬 수 없는 결과가 되어버릴지도 몰랐다.

그를 붙잡기 위해 뛰어가던 순간 나는 드디어 발견할 수 있었다. 성문 쪽 아래에 거대한 마법진이 빛을 발하는 것을!

게다가 완벽한 타이밍이 나와 버리고야 말았다.

타임어택으로 걸어놓은 시간이 된 것이다.

호흡을 한번 크게 고르며 마왕에게로 몸을 날렸다.

타이밍을 계산하며…….

"3… 2… 1!"

약속된 시간이 되었을 때 거대한 폭발이 일어나며 나는 내 몸을 보호하는 마법을 캐스팅함과 동시에 공격 마법인 토네이도 마법을 발현했다.

위이이잉!

대지에 황금빛 물결이 가득 출렁였다.

마왕의 심장 쪽에서 폭발이 일어나며 핏물이 터져 나왔다. 마법진에서 빛이 올라와 마왕의 육신을 통제시켰고, 토네이도 마법은 발아래에서 시작해 마왕의 온몸은 뒤흔들기 시작했다.

"쿠워어어어!"

거대한 비명 소리가 대륙 전체를 울렸다.

성공인가?

비틀비틀거리던 움직임이 정상적으로 되돌아왔다.

마왕은 심장 쪽에서 계속되는 출혈이 있었음에도 아직 쓰러지지 않았다.

마계의 검은 힘의 폭발.

콰아앙!

검은 폭풍이 불어닥치는 것만 같았다.

그 거대한 힘에 마법진이 파훼되고 주위가 쑥대밭으로 변하기 시작했다. 곳곳이 무너지고 약 절반 이상의 도시 건물이 완전히 날아가 버리고 말았다.

더 이상 마법진으로써의 희망은 없었다.

이제부터는 완전히 내 힘으로써 그를 물리쳐야 했다.

나는 내가 가진 마법의 모든 것을 동원시켜야 했다.

내가 공격할 마법을 준비하기 위해 마력을 끌어올리려는 순간 이젠 마왕도 가만히 당하고만 있을 생각이 아니었다.

마계의 힘이 소환되기 시작했다.

유령 같은 눈이 나에게로 향하고 괴성을 터뜨리는 순간 검은 액체 같은 무언가가 허공에서 공간을 찢고 나타나더니 나에게로 날아왔다.

그레이트 바리어를 급히 시전했다.

방어막과 마계의 힘이 충돌했다.

퍼어어어억!

둔탁한 충돌음이 들려왔다.

나는 바리어를 시전한 채로 마왕이 있는 곳까지 돌격해 들어갔다. 그 시커먼 액체가 공간 속으로 사라졌을 때 나는 지금껏 아껴왔던 마력을 한번에 터뜨리기로 결심했다.

　검은 힘이 몸을 옭죄니
　하늘과 땅을 파괴시키는 파멸의 힘이
　그 빛을 먹으리라.

"임페리얼 다크 스웜."

온몸에서 근육이 꿈틀꿈틀거리며 혈관이 터질 것처럼 팽창되었다. 눈은 붉게 충혈되고 검은 눈동자. 동공이 번지듯이 확대되었다.

퍼드득!

활짝 펴진 날개에서 깃털이 후르륵 떨어져 내린다.

마왕에게 과연 다크 스웜이 얼마나 위력을 발휘할지는 알 수 없지만 이 마법은 가히 최강의 위력을 가진 마법임을 나는 확신한다. 속성 관계를 철저히 무시할 수 있는 대마법력을 실감시켜 주도록 하마.

콰지지직!

힘을 일으키니 바닥에서 검은 물질 덩어리가 파도처럼 출렁였다. 그것은 순식간에 바닥을 뒤덮었고 마왕을 휩쓸고 지나갔다.

발아래에서부터 타고 올라온 검은 이 힘은 다크 스웜을 기본으로 한 강화된 흑마법이었다. 파괴적인 힘으로써 극한의 고통을 줄 수 있는 것은 물론 블랙홀까지도 연이은 마법 시행이 가능했다.

"크워어어어!"

임페리얼 다크 스웜은 몸이 썩어 들어가고 영혼이 찢어지는 고통을 느낀다. 고통에 허덕이며 흑사당하는 이 힘은 지옥을 간접적으로 경험할 수 있다.

검은 힘의 파장이 사방으로 줄기줄기 뿜어져 나간다.

귀를 막고 싶은 충동을 일으키게 만드는 거대한 고통의 괴성.

그사이 록 켄드가 빛의 창을 만들었다.

그가 창조해 낸 빛의 창의 크기는 거의 약 50여 개는 합쳐 놓은 크기였고 그 에너지의 주위에서 발생하는 힘은 실로 거대했다. 아무리 록 켄드라지만 저 정도의 힘을 뽑아낼 줄이야.

나는 감탄한 얼굴로 지켜보았다.

이내 준비를 마친 듯 푸른 눈빛이 빛에 반사되듯 번썩였고 빛의 창이 마왕의 목줄기를 향해 날아갔다.

쉬이잉!

그 빛의 창을 눈치 채고 팔을 들어 막았다.

빛의 에너지 창이 팔을 관통했는데 그 순간 마치 유리가 깨어지듯 마왕의 팔이 와장창 깨져 나가기 시작했다.

"크워어어!"

왼쪽 팔이 완전히 사라져 버리고 그 힘의 여파가 몸 쪽으로 계속 올라오려고 하자 마왕은 과감히 자신의 팔을 손으로 뜯어버렸다.

퍼억!

쿠웅!

바닥에 떨어진 팔은 얇은 흙모래처럼 흩날리며 소멸되었다. 더 이상 시간을 끌 수는 없었다.

이제 이 지긋지긋한 싸움을 끝내주마!

화염의 중심이여

타오르는 붉은 힘이여

세상과 영혼을 불태우는!

"드래곤 브레스!"

화르륵!

불꽃이 화려하게 타올랐다.

화염검이 손끝에서 생겨나고 그 화염검에서 불꽃이 떨어질 때마다 바닥은 그 뜨거운 온도에 크게 녹아들어 갔다.

타다다다.

걷는 속도를 올리고 마왕의 사각지대로 달려나가 지면을 차고 뛰어올랐다.

마왕의 얼굴이 내 쪽으로 스르륵 돌아올 때 나는 있는 힘을 다해 화염검을 휘둘렀다.

정확히 목을 그어버리자 마왕의 목에서 검은 무언가가 '푸학' 터져 나왔다.

그것은 마왕의 피였다.

나는 아래로 떨어지면서 화염검을 록 켄드처럼 날려 버렸다.

퍼어어어어어억!

화염검이 마왕의 목을 관통했다.

관통하는 그 순간에 빛의 마법, 선 라이트를 시전했다.

화염이 사그라지면서 발현되기 시작된 빛이 마왕을 집어삼킨다.

파아아아—!

마왕의 몸은 하얀 입자가 되어 벚꽃처럼 흩날렸다.

소멸되는 그 순간만큼은 도저히 마왕이라고 생각할 수 없을 만큼 아름다웠다. 좀 더 더럽고 어두운 모습으로 죽어갈 거라고 생각했는데 마왕의 최후치고는 너무도 아름다운 장식이었다.

Chapter **49**
베놈이 가는 길

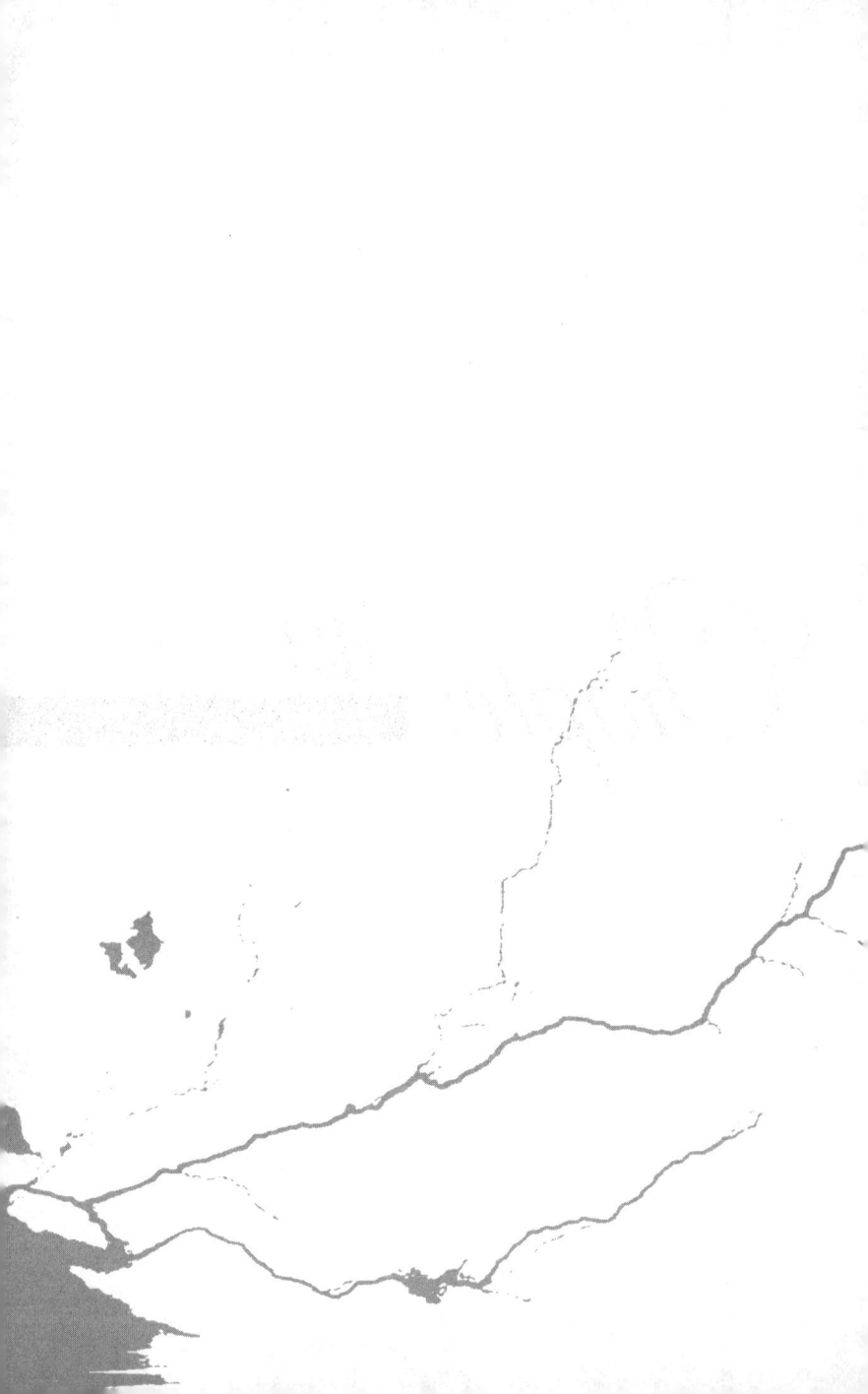

1

모든 싸움은 끝이 났다.

시작이 있으면 끝이 존재했고 그 결과는 승리 아닌 승리였다.

일반적인 사람들은 힘의 충돌과 마왕이 일으킨 작은 힘의 여파까지도 견뎌낼 수 없는 듯 많은 사상자를 초래하는 싸움이었다.

재앙의 시대가 도래한 것 같은 풍경을 바라보고 있는 내게 록 켄드가 말을 걸어왔다.

"수고했어."

나를 격려하기 위해 뻗치는 손을 거칠게 쳐냈다.

"지금 당장 에아르웬을 데려와."

그는 쓴웃음을 지으며 고개를 끄덕였다.

"그러지."

록 켄드는 많이 지친 모습이었다.

눈이 퀭하고 몸은 처져 있었으며 거의 생기가 없었다. 그런 흐느적거리는 몸으로 팔을 휘저었는데 공간을 찢고 검은 그림자가 휙 떨어져 내렸다.

그 그림자의 정체는 에아르웬.

믿을 수가 없었다.

공간 속에 사람을 가둘 수가 있다니.

하지만 그것보다 에아르웬의 상태가 중요했다.

내가 급히 뛰어갔을 때 그녀가 천천히 일어나고 있었다. 어지러운 듯 고개를 흔들고 있었다.

철렁했던, 그 지옥 같았던 시간들이 드디어 마음속에서 진정으로 해방이 되는 것을 느꼈다.

고개를 들고 주위를 두리번거리던 에아르웬이 나를 발견했다.

"로크님!"

"살아 있었구나."

나는 지친 얼굴로 웃으며 그녀에게로 걸어갔다.

이젠 정말 모든 것이 끝났다고 생각했었다.

그런데.

퍼어어억!

두꺼운 소리와 함께 유리창 깨지는 소리가 들렸다.

성의 오른편 위쪽 유리창에서 누군가가 아래로 추락했다.

터어어엉!

무거운 소리를 일으키며 바닥에 떨어진 이는 베놈이었다.

온몸을 비틀며 괴로워하는 그 모습에 간담이 서늘해졌다.

베놈은 성한 곳이 하나도 없는 피투성이였다.

그가 떨어진 유리창 쪽에서 그림자가 보였고 유리창을 넘어 세 명의 사내가 아래로 떨어져 내렸다.

그들은 안전하게 아래로 착지하여 우리 쪽으로 걸어왔다. 그리고 곧 수를 셀 수 없는 숫자의 군사들이 완전무장한 채로 우리 쪽을 향해 뛰어오고 있었다.

그것을 본 록 켄드가 박장대소로 웃었다.

"우하하하하! 세상의 멸망을 막은 우리들을 그깟 허접한 인간 군사들로 처리하시겠다? 이것들 아주 단단히 미쳤구나."

유리창 쪽에서 떨어진 은빛 갑옷을 입고 있는 사내들은 모두 약간의 나이가 있어 보였다. 눈에 흐르는 빛이 보통과 달랐다.

왕실 친위대라는 이름과 문장이 왼쪽 가슴에 새겨져 있었다.

나는 우선 베놈에게 힐을 시전했다. 하지만 엄청난 충격을 받은 듯 힐로써는 큰 한계가 있었다.

나는 어금니를 꽉 깨물며 왕실 친위대를 노려보았다.

"대체 왜 아군을 공격하는가?"

친위대 모두 눈썹이 꿈틀거렸다.

"혹 그대가 로크라는… 그 마법사인가?"

"내가 묻는 말에 대답해!"

내 외침에 왕실 친위대는 눈 하나 깜짝하지 않고 말했다.

"우리는 마왕 쪽 세력인 줄로만 알았다. 설마 몬스터가……."

"방금 뭐라고 했어?"

온몸에서 폭발적인 마나의 기운이 터져 나왔다.

그들은 숨이 막히는 듯 붉어진 얼굴로 뒷걸음질쳤다.

그들에게 다가가려는 순간 나는 베놈의 숨이 끊어지는 소리를 들었다.

힘이 빠져 고개가 아래로 돌아가고 심장이 더 이상 뛰지 않는다. 그 충격적인 결과에 나는 잠시 동안 움직이지 않았다. 완전히 굳어버린 나는 떨리는 손으로 베놈을 깨우려 했다.

"일어나. 일어나라고, 이 자식아. 일어나아!!!"

내 격렬한 외침에도 꿈쩍하지 않으며 시체처럼 얼굴이 푸르르하게 변해가는 그 모습에 완전히 피가 거꾸로 치솟는 느낌이었다.

나는 벌떡 일어나 왕실 친위대에게로 걸어갔다.

"분명 아군이라고 말했을 텐데도 그대들은 제대로 확인도 하지 않은 채 거짓이라고 치부했겠지. 대체 무슨 생각으로!"

내가 다가가자 그들 셋 모두 검을 뽑아 들었다.

"흥! 어찌 그깟 몬스터 하나 죽은 것 가지고 이렇듯 바이슨 왕실 친위대를 핍박하는가!"

웃음이 나왔다.

커다랗게 웃으며 나는 곧장 그에게 달려들었다.

가만히 당할 수만은 없다는 듯 검에서 푸른 오러가 뿜어져 나오고 그 예리한 검의 끝이 내 목을 향해 찔러 들어왔다. 나는 순식간에 그의 시야에서 사라졌다.

어느새 등 뒤에 도착해 있다는 것을 인지한 듯 그는 헛바람을 들이켜며 몸을 돌리려 했다. 그러나 그러기엔 이미 너무 시간이 늦었다.

검을 그의 등에 찔러 넣었다.

퍼어억!

후르륵!

"영혼마저 흡수할 것만 같은 고통이 엄습할 것이다."

지독한 광경이 눈앞에 벌어지자 모두들 눈살을 찌푸리며 고개를 돌렸다. 그러나 같은 왕실 친위대들은 보고만 있을 수 없는 상황.

두 명의 왕실 친위대가 나를 향해 달려들었다.

검을 휘두르자 두 개의 검기가 서로 교차되며 나에게로 날아왔다. 나는 아직 죽지 않고 흐릿한 정신만을 붙잡고 있는 이 녀석을 방패막이로 썼다.

몸이 푸른 검기에 의해 잘려 나가고 나는 그 잘려진 육신 사이로 놈들에게로 향했다.

슈가각!

강한 오러가 실린 검기가 쏟아져 내렸다.

순식간에 바리어를 생성해서 검기를 막아내자 그들은 깜짝 놀라며 검을 바짝 치켜세웠다.

그중 하나가 내게 정면으로 맞서기 위해 다가왔다.

록 켄드에 비교하면 어린애 수준이었다.

오러의 힘은 형편없고 압박력은 느낄 수조차 없다.

몸통 쪽으로 그어진 검을 약간 거리를 두어 피해내고 마법을 캐스팅했다.

콰아아앙!

바닥에서 엄청난 크기의 뾰족한 돌기둥이 그를 꿰뚫었다.

퍼어어억!

피가 사방으로 흩뿌려지고 온몸이 돌기둥에 꿰뚫려 끔찍한 광경이 연출되었다. 그 잔인한 장면을 본 마지막 왕실 친위대 사내는 완전히 겁에 질려 버렸다.

하얗게 질린 얼굴로,

"나, 나는 정말 몰랐소. 마법검을 쓰는 오크이길래……."

꿈틀거리는 악질적인 살인 충동이 나를 자극한다.

바람을 느끼고 마나를 느끼며 공격적 본능에 사로잡히려는 나를 에아르웬이 잡았다.

그녀가 고개를 저었다.

"이제 그만 해요."

"하지만."

"그를 죽인다고 해서 마음이 편해지지는 않을 거예요. 오히려 더 아플 뿐."

내가 입술을 지그시 깨물었을 때 사내는 뒷걸음질치며 내게서 멀어져 갔다.

공허했다.

눈도 마음도 육체도, 그리고 영혼마저도 소멸되어 버리는 기분이었다. 시간을 되돌아오지 않는다. 찬란했던 순간은커녕 무미건조했던 순간마저도 돌아올 수 없는 것이 시간이다.

되돌릴 수 없는 결과에 슬픔이 참을 수 없을 정도로 크게 차올라 앞이 보이지 않았다.

눈물이 앞을 가려 보이지 않았다.

아주 깊은 곳에서부터 솟아오른 이 눈물은 꺼질 기미를 보이지 않고 찢어지는 마음은 통 회복될 생각이 없는 듯 나를 무자비할 정도로 고통스럽게 했다.

"으아아악!"

무릎 꿇고 울부짖는 내 눈앞에는, 아니, 내 눈물 앞에는 베놈의 싸늘한 시체와 델 키오르의 차가운 육신, 그리고 조금씩 연기가 되며 중간계에서 마계로 귀환하는 록 켄드가 있었다.

그동안의 기억이 부메랑처럼 되돌아와 내 가슴에 박혀 들어오는 것을 지금 이 순간 피하지 않고 고스란히 받아내야만 했다.

"하느님… 하느님……."

땅에 얼굴을 파묻고 울고 있는 내가 안쓰러웠는지 에아르웬이 내 등을 꼬옥 안았다. 눈물이 이 바이슨 왕국을 모두 적실 것만 같았지만 나는 한낱 인간에 불과하여 눈물로 바이슨을 덮을 수가 없어. 이 괴로움을 인간적으로 참아내야만 하는 잔인함을 온몸으로 느껴야 했다.

나는 천천히 일어났다.

내가 지금 흘리는 이 눈물마저 나로 인해 목숨을 잃은 사람들에게 죄가 되는 것만 같았다.

그동안의 죄업을 어떻게 짊어질 수 있을까.

이 비참한 운명을 어떻게 안고 살아갈 수 있을까.

소매로 눈물을 훔치고 몸을 돌렸다.

수를 헤아릴 수 없는 군사들과 소드 마스터, 그리고 어느새 이곳에 도착한 국왕이 내 눈앞에 있었다.

나는 걸어갔다.

적막함이 깨어졌다.

군사들이 검을 뽑는 소리가 요란하게 울렸다.

"그마아안—! 검을 거두어라!"

그의 제지에 군사들은 일제히 한 발자국 뒤로 물러났다.

나는 국왕을 흐린 눈빛으로 응시했다.

"지금 이 순간부터 나 로크라는 존재는 잊도록. 그리고 기억해. 만약 지금 이대로 되돌아가는 나를 막아서거나 또다시 나를 이 더러운 세상으로 나오게 만든다면 반드시 받아들여라. 나 홀로 그대들을 파멸시키고 사라질 것을."

그는 순순히 고개를 끄덕였다.

나는 이로써 바이슨에 관한 모든 감정을 끊었다.

더 이상은 무의미했다.

저벅저벅—

비틀거리는 나를 부축하는 에아르웬을 밀어냈다.

록 켄드가 완전히 사라진 후 나는 바닥에 쓰러져 있는 베놈과 델 키오르를 업었다. 그들을 계속해서 이 더러운 바닥에 누일 수 없었다. 끝까지 나와 함께했던 동료를 더러운 전장 바닥에 버릴 생각 따윈 없다.

차가운 두 시체를 어깨에 올리며 걸었다.

또다시 눈물이 앞을 가려 걷기가 어려웠다.

폐허로 변한 바이슨의 앞길을 걸었다.

무거웠다.

어깨에 짊어진 두 사람의 무게가 너무도 무거웠다. 슬픔과 후회가 함께 담긴 무게였다. 그리고 그동안의 추억이 고스란히 담겨 있어서인지 그들의 무게를 견뎌내는 게 너무 힘이 들어 쓰러질 것만 같았다.

걸으면서 생각했다.

이 무거운 사람들을 어디에 묻어두어야 할지.

잠시 후 나는 고개를 끄덕였다.

그곳이라면 괜찮을 것 같구나.

2

정말 여기가 내가 어릴 적 그와 함께 했던 곳이 맞는 걸까.

그때는 앞이 잘 보이지 않을 정도로 많은 눈이 내렸었다. 하지만 지금은 모든 눈이 녹아 있었다.

푸른 잔디와 흐드러지게 핀 겨울 꽃들에 둘러싸인 큰 저택.

보존 마법 때문인지 내가 이곳을 떠날 때와 조금도 변하지 않았다.

그러고 보니 굉장히 많은 시간이 흐른 것처럼 느껴졌지만 사실상으로 그리 오랜 시간이 흐른 게 아니었다.

이곳은 내가 이클레이드라는 스승을 따라왔었던 곳.

가슴이 시려왔다.

배고픔에 허덕이던 내가 이곳에 와 반과 친구가 되었고 마법을 배우기도 했다. 무서워서, 살고 싶기에 시작한 마법이었지만 싫지는 않았다.

오히려 가슴 설레는 공부였다.

나는 추억에 잠긴 얼굴로 다시 발걸음을 옮겼다.

"이곳에 그들을 묻을 생각이셨네요."

"응. 이곳이 내 추억과 흔적의 시작이었으니까."

나는 베놈과 델 키오르를 바닥에 내려놓은 뒤 마나를 이용해 땅을 파기 시작했다.

꽤 깊은 구덩이 안에 베놈과 델 키오르를 함께 넣었다.

두 영혼이 내게 왜 짜증나게 한곳에 우리를 같이 두냐고 뭐라 할지 모르겠지만 나는 혼자라는 것이 너무도 힘겨움을 알기에 싸우더라도 그들이 함께하기를 바랐다.

비록 살아 있을 때 친한 사이는 아니었지만 지금에라도 영혼의 친구가 될 수 있다면 좋은 사이가 되기를 염원했다.

그들을 묻은 뒤 나는 저택으로 시선을 돌렸다.

웅장했다.

스승님의 카리스마가 고스란히 담겨 있는 이곳.

그의 무심했던 말과 행동이 생생하게 기억났다.

"들어갈까?"

"네."

그녀는 내가 어릴 적 이곳에서 살았다는 이야기를 듣자 호기심이 가득한 얼굴이었다. 그리 볼만한 게 많은 곳은 아니지만 나의 무색무취의 흔적이 남아 있는 곳.

나는 에아르웬과 함께 저택으로 들어가면서 나는 추억을 다시 한 번 밟아나가고 있음을 느꼈다.

#

아주 예전에는 어릴 때부터 혼자인 게 좀 익숙해서 누군가와 같이 있는 것이 때론 불편했다.

그런데 살다 보니 가끔 이게 외로움인가? 라고 생각될 때가 있었는데 그럴 때면 속에서 묵직한 것이 훅 하고 차올라 버리곤 했다.

마음에 찬바람이 시리게 불고 날카로운 무언가가 가슴을 천천히 찢는 느낌.

그리고 어떠한 이유로 어금니를 꽉 깨물게 되는 어느 날이면 스스로에게 화가 나 견딜 수가 없었다.

이젠 그만 담담해질 때도 됐는데 아직까지 약해져 있는 내 자신을 발견할 때면 마음이 무거워진다.

그리고 그게 만약 외로움이라면 난 더더욱 인정하기 싫었다.

죽어도 사사롭게 감정에 휘둘리는 인간은 되기 싫었으니까.

나란 놈은 마치 무언가에 쫓기듯이 늘 노력하고 사는 것만 같아서 간혹 무기력해지곤 한다.

그리고 어느 순간 깨달았다.

인간이니까 내가 바라는 희망에 다다르기란 불가능하다고.

하늘은 늘 화창할 수 없다.

비가 내리기도 하며 번개가 후려칠 때도 있고, 안개가 끼이기도 하고, 먹구름을 몰고 오기도 한다.

그렇듯이 그게 어쩔 수 없는 인간의 감정과도 같은 것이라, 인정하기 싫지만 인정할 수밖에 없는 진리라, 저항할 수 없는 패배감이 가슴 깊숙이 박혀 들어오는 것을 겸허히 받아들일 수밖에 없었다.

하지만 그로 인해 나는 살아 있다고 느꼈다.

적어도 죽어 있는 인간은 되기 싫으니 인정하기 싫은 '그것'에서 승리하는 방법을 찾기 위해서는 일단 좀 더 나이를 먹어봐야 할 것 같았다.

그리고 그 답을 찾을 때쯤이면 아마도 나는 진정한 어른이 될 수 있을 것만 같은 기분이 들었다.

많은 시간이 흘렀고 나에겐 좋은 추억과 슬픈 기억이 함께 가슴속에 남았다.

그들에게 아직 꺼내지 못한 이야기가 많이 남아 있지만 혹시라도 천국으로 가게 되면 그때 모든 이야기를 풀어놓을게.

내 가슴속에 남은, 없어선 안 되었을 나의 동료들.

안녕.

대륙력 324년.

지나온 흔적을 기억하며 The Roke' s Tale.

에필로그

"위험하니까 조심해."

"네."

어두워진 밤에 산 위를 오르는 것은 그리 어렵지가 않았다.

하지만 고지대로 점점 올라갈수록 바람의 강도가 거세지고 있었다. 혹 이 강한 바람 때문에 시형이 무너져 버리면 나야 상관없지만 그녀가 다치지 않을까 걱정이었다.

휘이잉—

거센 바람에 낡은 로브가 작게 펄럭거린다.

이제 완전한 겨울이었다.

하늘에서 눈도 조금씩 내리고 있었다.

"너무 따뜻해요. 게다가 이렇게 편하다니. 항상 느낀 거지만 저도 마법이란 걸 배워보고 싶어요."

푸른 막이 얇게 덮혀 있는 이것은 마나를 이용해 만든 것으로써 바람을 막는 일종의 작은 바람막이 같은 것이었다.

나는 어느새 수염이 텁수룩하게 자라난 턱을 만지작거리며 고개를 갸웃거렸다.

"그러고 보니 이상하네. 보통 엘프들은 마법을 곧잘 쓰지 않나?"

나뭇가지에 모자가 삐뚤어져 긴 귀가 뾰족 모습을 드러냈다. 부끄러운 듯 얼른 모자로 그 귀를 감춘 엘프는 고개를 저으며 웃었다.

"편견이에요. 생각보다 많은 수의 엘프들이 마법을 잘 못한답니다."

"남자 엘프들도?"

"네. 여엘프들보단 물론 능력이 좋긴 하지만 그것도 사실 그렇게 많은 숫자는 아니에요. 물론 지역마다 엘프들의 평균적인 능력이 다르긴 하겠지만 제가 살았던 숲은……."

그 뒷말은 더 이상 계속하지 않고 웃어넘기는 그녀를 보면서 사내는 작게 미소 지었다.

"그렇구나."

"저, 로크님."

"응?"

"그런데 우린 지금 어디로 가는 건가요?"

눈을 동그랗게 뜨고 묻는 그녀를 보면서 나는 싱긋 웃었다.

"혹시 어디 가고 싶은 데 있어?"

그녀는 고개를 흔들흔들 내저었다.

"도시와 가까운 산에서 집을 지을 생각인데. 어때?"

"로크님이 산속에서 사신다구요?"

"정확히는 우리겠지."

"우리?"

잠깐 생각하던 그녀는 이내 뺨이 발그레 붉어졌다.

"에아르웬, 나는 달콤하고 낯부끄러운 말은 잘 못해서 그냥 직접적으로 부탁할게."

침을 꿀꺽 삼키는 에아르웬을 진실된 눈빛으로 바라보았다.

"결혼하자."

나는 산을 오르기 전 보석 가게에 들렀었다.

그곳에서 신중히 고른 반지를 그녀의 손에 끼워주었다. 투명 눈물이 그녀의 뺨 위로 흘러내렸다.

나는 그 눈물을 닦아준 후 그녀를 당겨 안았다.

따뜻한 체온이 느껴졌다.

"감사해요. 정말 감사해요."

"바보야, 이렇게 멋없게 청혼하는 게 뭐가 감사해."

"그래도 감사해요."

웃으며 반지를 바라보는 그녀의 모습이 너무 아름다웠다.

"아, 그럼 어느 도시로 갈 거예요?"

"되도록… 바이슨과 많이 떨어진 곳이었으면 좋겠어."

그 말에 그녀의 눈이 슬픔으로 물들었다.

베놈과 반, 그리고 늦게나마 우리의 동료가 된 델 키오르의 죽음이 너무 가슴 깊숙이 상처를 내놓았기 때문이다. 나 역시 그 마음의 고통에서 자유로울 수 없었다.

나는 그녀의 머리를 쓸어내리며 토닥거렸다.

"괜찮아. 시간이 지나면, 그리고 마음의 상처가 다 아물게 될 때쯤이면 그 기억은 추억이 되어 가슴에 남을 거야."

나는 바보같이 이렇게 말하면서 나도 모르게 하염없이 눈물을 쏟아내고 말았다. 얼마 전만 해도 이젠 눈물 따윈 없을 거라고 생각했었는데… 그렇게 마음먹었었는데…….

아마 다 말라 버린 샘물 같은 건 없는 모양이다.

아마도 슬픔이란 존재가 늘 새로운 눈물을 채워 넣어서겠지.

나는 가늘게 떨리는 그녀의 손을 꼭 잡아주었다.

언제까지고 놓지 않을 것이다.

죽는 그 순간에도 이 여리고 하얀 손을…….

나는 결코 놓지 않을 것이다.

Chapter 외전

추억과 흔적을 회상하며_반 & 베놈 & 델 키오르 *1*

거지 시절이라고 해야 하나? 그 당시에 내가 살던 마을에는 눈이 별로 내리지 않았다. 그래서 가끔 눈이라도 내리는 날이면 나는 바보처럼 너무 좋아하곤 했었던 기억이 난다.

하지만 이곳은 내가 그토록 좋아했던 눈이 무섭게 내린다.

언제나 끊임없이.

그래서 마치 먹을 것이 산더미처럼 쌓여 있어도 먹을 엄두가 나지 않는 것처럼 너무 부담스러운 기분이었다.

하지만 내가 눈을 좋아하는 이유는 눈이 펑펑 내리는 날이면 마음마저 새하얗게 변하는 것만 같아서 그 눈을 멍하니 바라보고 있으면 힘들었던 기억도, 혼자여서 쓸쓸했던 외로움도 다 잊을 수 있었기 때문이다.

음… 그러고 보니 나는 눈을 좋아한다고 말하는 것보다 사랑한다고 말하는 것이 맞을지도 모르겠다.

사람은 언제나 감상에 젖을 때가 있다.

그게 바로 지금이었다.

오늘 같은 기분이라면 반과 함께 마당에서 실컷 노는 것도 나쁘지 않겠지.

나는 읽던 책을 제자리에 꽂아두고 도서관에서 나왔다.

두터운 외투를 걸치고 나왔을 때 저 멀리 스승님이 서 있었다. 나는 빠르게 뛰어가 스승님의 옷자락을 잡았다.

"스승님!"

그가 나를 돌아보았다.

눈에 눈물이 맺혀 있었다.

"하품하셨어요?"

그가 내 머리를 쥐어박았다.

곧 내일 쓰러져 죽을 것 같은 마른 몸으로 얼마나 힘이 센지 머리가 쪼개질 것만 같은 고통이었다.

음… 그런데 의외구나.

그냥 괴팍한 노인네라고만 생각했었는데 그도 완전히 피가 없는 인간은 아닌 것 같았다. 당신도 사람은 사람이구나.

와하하하!

"뭘 그렇게 실실 웃는 것이냐?"

"스승님이 참 인간적이라고 생각했습니다."

그가 끌끌 웃었다.

"이놈이, 공부를 좀 하더니만 금세 유식한 척 말을 하는구나. 항상 느끼는 거지만 네놈은 어째 애늙은이 같아."

"애늙은이. 하하하! 기분 좋은데요? 어른이 된 기분이에요."

"멍청한 놈. 그놈의 어른이 무엇이 그리 좋단 말이더냐."

"어른이 되면 스스로 생각하고 결정하고. 음… 그리고 동경하는 무언가가 있어요. 전 얼른 어른이 되고 싶어요, 스승님."

"아무것도… 모르는 것이 가장 행복하다는 것을 모르는구나. 넌 지금이 가장 행복한 때라는 것을 아주 먼 훗날이면 알게 될 것이다."

"제가 뭘 모르는데요?"

"궁금하냐?"

"그럼요."

따악—

"으악!"

나는 머리를 잡고 뒹굴었다.

이 영감탱이가 기어코 사고를 친 것 같다.

코에서 피가 줄줄 흘러내리는 것을 보니 보통 일이 아니었다. 꼭 죽을 것만 같았다.

정말 눈물이 흐를 정도로 극심한 고통이었다.

거짓이 아니라 정말로 머리가 통째로 날아가는 아픔이었다.

"왜 자꾸 때리십니까!"

"어른이 되면 다 안다고 하지 않느냐?"

"스승님은 왜 말로 하지 않으시고 자꾸 때리시는 겁니까?"

"때려야지만 기억에 남거든. 맞지 않으면… 기억에도 마음에도 새겨지지 않아."

무슨 헛소리를 하는 거야라고 소리치고 싶었지만 계급이 안 되는 나로서는 까불 수 있는 형편이 아니었다. 나는 눈을 털어내며 일어났다.

"그런데 왜 나와 계세요?"

"왜 그런 질문을 하느냐?"

나는 고개를 갸웃거렸다.

"그거야 스승님께서는 항상 바쁘셨잖아요."

"나라고 이렇게 잠깐 쉬는 시간이 없겠느냐."

나는 바보같이 웃었다.

"하하하! 그렇네요."

"그보다 마법 공부는 잘되어가느냐?"

그 질문에 나는 곤충보다 작아지는 느낌을 받았다.

"사실 너무 어려워요."

"클클, 마법이란 게 원래 가장 어려운 학문이지."

"전 언제쯤이면 스승님처럼 대마법사가 될 수 있을까요?"

"네가 나를 넘어설 때, 그때 너는 세상에서 가장 강한 사람이 될 것이다."

"우와!"

너무나도 기뻤다.

시골 거지였던 내가 세상에서 가장 강한 사람이 된다고? 하하! 생각만 해도 통쾌하고 기적 같은 일이었다. 하지만 현실이 내 머리를 때렸다.

"하지만… 제가 어떻게 스승님을 뛰어넘을 수 있겠어요."

한순간 나는 등골이 빠질 것만 같은 서늘함을 느꼈다.

스승님은 정색하며 말했다.

"너만은 반드시 나를 뛰어넘어야 한다. 넌 자질을 갖추었어!"

나는 머리를 긁적이며 계면쩍게 웃었다.

"네, 끊임없이 노력할게요."

"로크야."

"네."

스승님은 눈을 지그시 감으셨다.

그리고 물었다.

"넌 누구의 제자냐?"

나는 웃으며 힘껏 외쳤다.

"이클레이드님의 제자입니다!"

"그렇지. 나의 제자이지. 이 위대한 마법사의 제자인만큼 시련이 오고 절망감이 찾아온다고 해도 반드시 극복하고 이겨내야 한다. 알겠느냐?!"

"네."

빠악—

"으악!"

"그렇게 가볍게 대답하는 게 아니야!"

나는 머리를 쓱쓱 문지르며 웃었다.

"걱정하지 마세요. 스승님의 말씀, 가슴에 새겼습니다."

"흥! 말만 번지르르한 놈 같으니라고."

그렇게 그는 멀어져 갔다.

스승님의 뒷모습을 바라보고 있었는데 그 뒷모습이 왠지 모르게 쓸쓸해 보였다.

컹컹!

"아참, 나 반 만나러 온 거였지."

나는 빙긋 웃으며 반에게로 뛰어갔다.

꼬리를 살랑살랑 흔드는 반을 꼬옥 안아주었다.

얼굴을 부비적거리며 좋아하는 반과 나는 정신없이 눈밭을 뒹굴며 놀기 시작했다.

2

철컹!

쇠문을 열고 들어가자 연무장에서 몬스터를 입에 물고 뜯고 있는 베놈이 눈에 들어왔다.

"어이."

내 목소리에 오크는 화들짝 놀라며 몬스터를 집어 던졌다. 나는 벽에 부딪쳐 피가 줄줄 흐르는 그 시체를 가만히 바라보았다. 침을 꿀꺽 삼키고는 구석으로 슬금슬금 걸어가는 그 뒷모습이 가관이다.

보아라, 저 얼마나 본능적인 모습인가.

"일루 와."

가던 걸음이 멈춰지고 고개가 조금씩 돌아간다.

"말귀 알아먹으면서 그러지 좀 마라."

잔뜩 주눅이 들어서 축 처진 어깨로 걸어오는 모습이 애처롭게 보였다.

"오늘은 대련하려고 온 게 아니야."

오크가 고개를 번쩍 들었다.

이 소름 끼치는 오크는 대체 무슨 이유인지 말을 너무 잘 알아먹는다. 스승님이 언어 마법이라도 걸어놓은 것인지 너무 말을 유창하게 잘할뿐더러 알아듣는 것도 귀신같이 알아듣는 녀석이었다.

대련용이기도 하고 심심할 때 대화하는 것도 재미있어서 다른 몬스터는 거의 죽었지만 이 녀석만은 이렇듯 버젓이 살아 있는 것이다.

사실 나는 이 오크를 갈구는 게 유일한 재미이자 취미였다.

"야, 오크는 전부 이렇게 생겼어?"

"아닌데요."

"하하하! 아니긴 뭐가 아니야!"

퍼억—

"퀴엑!"

괴상한 소리를 내며 바닥을 구르는 이 녀석이 귀엽다.

"야, 넌 앞으로 내가 보살펴 주도록 하마."

내가 친히 이렇듯 고마운 말씀을 해주었는 데도 불구하고 이 오크는 경계의 눈으로 나를 보며 울상을 짓고 있었다. 오크의 얼굴이 일그러질 만한 장면이 아니지 않는가.

속에서 무언가가 울컥거렸다.

"인상 원위치 안 하냐?"

"저, 로크님."

"뭐?"

"크릉, 전 이제 더 이상 로크님의 상대가 안 되는 것 같은데요?"

"왜 그렇게 생각해?"

"크릉. 실력 차가 너무 크다는 것 아직 못 느끼십니까?"

나는 고개를 도리도리 저었다.

"모르겠는데?"

오크가 어설프게 웃었다.

"농담하지 마십시오."

"농담은 무슨 농담이야!"

나는 오크의 머리통을 후려치며 어금니를 꽉 깨물었다. 소리를 지르는 것보다 이렇듯 행동으로 압박을 주는 것이 훨씬 더 심리적으로 부담을 줄 수 있다는 것을 얼마 전에 깨달았다.

움찔거리며 뒤로 물러나는 저 오크를 보면서 나는 속으로 낄낄 웃었다.

"야, 얼른 가까이 안 와?"

"왜 이러십니까."

"왜 이러십니까? 어쭈, 너 많이 컸네?"

"왜 반과 차별하십니까? 반만 너무 편애하십니다. 같이 늙어가는데……."

기가 막힌 웃음이 터져 나왔다.

"야, 넌 전투 오크잖아. 차별 같은 소리 하고 있네."

"크, 크릉."

"그놈의 크릉 소리 좀 내지 마. 아주 시끄러워 죽겠어."

"숨을 쉬다 보면 어쩔 수 없는 현상입니다. 봐주십시오, 크릉."

입이 비죽 나온 걸 보니 상당히 삐친 모양이다. 크큭, 이쯤 되면 기분을 조금 풀어줘야 했다. 안 그럼 불쑥 자살이라도 할지 모르니까.

전사족 오크 체면이라는 게 있으니까 자기도 이런 대우를 받으면서까지 생을 연명해야 한다는 현실을 받아들이지 못할 수도 있을 것 같았기 때문이다.

"야, 너도 심심하지? 사냥 나가자."

사냥이란 말에 저놈의 오크가 춤을 춘다.

너무 좋아서 저러는 것이다.

이 차가운 연무장에 늘 감옥처럼 갇혀 지내다 보니 바깥 세상에 나갈 때마다 녀석은 너무 좋아서 어쩔 줄을 몰라 했다. 너무 멀리 나갈 수는 없지만 근처 정도는 돌아다닐 수 있었고 그 거리 안에서도 충분히 사냥할 만한 것들이 널려 있었다.

어느새 준비를 마친 이놈은 빨리 나가자고 성화였다.

하여튼 단순한 놈이라니까.

* * *

하얀 눈을 밟을 때마다 뽀득뽀득 소리가 났다.

나는 웃으며 그 소리를 즐기고 있었는데 그걸 보며 오크는 인상을 짓고 있었다.

"너 표정이 왜 그러냐?"

"이거 참. 한 마리도 보이지가 않네요. 요즘 들어 사냥을 자주 해서 그런가? 크릉."

야생 본능이 살아나는 것인지 어느새 눈이 충혈되고 호흡이 거칠어져 있었다. 꿈틀거리는 손은 이미 긴 손톱이 날을 세우고 있고 근육은 혈관이 눈에 다 보일 정도로 부풀어져 있었다.

당장 발견만 된다면 단숨에 죽여 버릴 것만 같은 느낌이라서 사실 좀 무서웠다. 녀석의 공격력이 무서운 것이 아니라 정신 상태가 무서운 것이다.

아무튼 바로 그 시점에 노루 한 마리가 나타났다.

"찾았다!"

바로 달려가려는 오크의 목덜미를 잡았다.

"초식동물이잖아, 인마."

"전 육식동물입니다!"

거칠어진 호흡으로 거의 반 미쳐 있는 이놈의 머리통을 아주 강하게 후려쳐 주었다.

그제야 부들부들 떨던 몸이 좀 진정이 됐는지 살기를 거두었다.

"진정한 전사가 되고 싶다면 눈앞의 대상을 보고도 참을 수 있는 인내가 있어야 돼."

"맨날 빵만 먹다가 저 노루 한 마리를 발견한 제 심정, 정말 로크님은 모르십니다. 크릉—"

나는 튼실해 보이는 나뭇가지 하나를 주워 들었다.

"로, 로크님, 그게 아니고 말입니다."

"아니긴 뭐가 아니야? 나는 빵 안 먹냐?"

"그, 그래도, 이건 경우가 조금 다른……."

나는 히죽 웃었다.

"퍽이나 다르겠다."

"살려주십시오!"

몸을 한껏 웅크리는 그 연약한 모습에 마음이 약해졌다.

"한 번만 더 쓸데없는 소리 하거나 기어오르면, 그땐 진짜 너도 연무장의 몬스터 신세 될 줄 알아라."

오크의 얼굴이 사색으로 변했다.

"예, 알겠습니다."

확실히 매는 값진 교육임이 틀림없다. 음화화홧!

마음속으로 크게 웃어 젖히던 나는 한 마리의 야생 늑대를 발견했다.

"앗! 저기 있다!"

내 외침에 오크의 눈이 재빨리 목표물을 정확히 잡아냈다. 탄탄한 허벅지를 기초로 하여 놀라운 속도로 달려갔다. 그런데 놀랍게도 피하지 않고 있는 늑대.

달려가던 베놈의 걸음이 멈추었다.

생각보다 덩치가 어마어마했던 것이다.

자리를 박차고 도약한 거대한 늑대의 그림자가 오크의 전신을 덮었다. 그걸 멍하니 바보처럼 올려다보던 오크는 어금니를 꽉 깨물며 피하지 않고 맞서 싸웠다.

나는 재빨리 에너지 볼트를 날렸고 늑대의 왼쪽 다리를 맞추는 그 순간 오크의 주먹이 늑대의 턱을 날려 버렸다.

콰앙—!

뼈가 완전히 으스러지는 소리였다.

완전히 나가떨어진 늑대를 의기양양한 듯 바라보며 웃던 오크 뒤로 나는 보았다.

거대한 늑대인간을.

3

"크하하하! 이거 보이십니까? 이 거대한 늑대를 제 손으로 잡았습니다."

내가 에너지 볼트를 쏜 것은 생각도 못하는 것 같았다. 그보다 저 뒤에서 눈을 부라리고 있는 거대 늑대인간을 막아야 할 텐데.

저렇게 멍청히 서 있다가는 당장 목숨을 빼앗길 것이다.

"도망쳐!"

내 외침에 멀뚱히 서 있던 오크는 뒤에서 느껴지는 짐승의 살기에 본능적으로 돌아보며 몸을 숙였다. 사람의 몸통만 한 크기의 팔이 오크의 머리 위로 지나갔다.

휘이잉—

오크는 그 압도적인 몸체의 크기와 힘으로 인해 완전히 질려 버린 듯 꼼짝도 하지 못했다.

"이… 이게 뭐야!"

"크르르르릉—"

방금 오크가 쓰러뜨린 이 늑대는 곧 늑대 인간이 될 준비를 하고 있는 자식인 모양이었다. 그런 자식을 저렇듯 죽여놨으니 분노가 치미는 것은 당연한 것이었다.

"죽인다… 크르릉. 인간……."

어설프게 말을 꺼내며 이빨을 드러내는 모습에 나까지도 소름이 끼쳤다.

"로크님, 도와주십시오!!"

오크가 간절히 외쳤다.

쉐엑!

퍼어억!

거대 늑대인간의 날카로운 손톱이 오크의 복부에 틀어박혔다. 가히 그 소리는 산을 울릴 정도였다.

이를 꽉 깨물며 고통을 참아내려는 오크를 한쪽 팔로 옆구리에 끼고는 나를 잡아먹으려는 시선으로 노려본다.

"그 자리에서 가만히 기다려."

나는 마나를 끌어올리며 접근을 시도했다.

가슴은 마비가 걸릴 것 같을 정도로 쿵쾅거렸지만 피할 수 없는 정면 승부라면 반드시 이겨내야 했다. 하지만 내가 생각했던 상황과는 완전히 정반대로 진행되고 말았다.

휘이익!

말도 안 되는 속도.

보통 늑대인간의 능력으로 봤을 때와는 차원이 다른 속도를 가지고 있었다. 거대한 덩치였음에도 불구하고 그 날렵함이 가히 충격적이었다.

"파이어 볼!"

나는 녀석을 놓치지 않기 위해 곧장 공격 마법을 시행했다.

화르륵!

타오르는 불꽃의 화염구를 피해내며 순식간에 풀숲으로 사라졌다. 나는 긴장감과 갑작스런 상황에 대한 놀라움으로 호흡도 불안정했고 육체도 정신을 따라가지 못하고 있는 상황이었다.

나는 사라진 녀석의 발자국을 흔적의 고리 삼아 추적을 시작했다.

4

대체 어디까지 간 건가, 이 자식은.

아무리 뒤를 밟아봐도 끝이 없었다. 게다가 이제는 발자국이 희미해지고 있었다. 이대로 가다가는 발자국이 완전히 눈에 덮여 버릴 것이고 종적이 완전히 감춰진다면 솔직히 말해서 꽤나 정이 들었던 오크 놈이 죽어버리는 현실을 맞이해야만 했다.

그런데 때마침 그때였다.

"크아아아앙!"

나는 오크의 목소리를 기억한다.

아직까지도 이유를 모르지만 유창한 말투 때문에 대화 상대가 없는 나로서는 저 오크 놈과의 대화가 스승님을 제외하고는 거의 유일했기에 목소리마저 완전히 기억하고 있었던 것이다. 그래, 확실히 이건 오크의 목소리, 아니, 외침이었다.

"살아 있구나!"

천만다행이었다.

만약 저 오크가 죽는다면 나는 어쩌면 평생을 저 이상한 스승 밑에서 외로이 홀로 썩어야 할지도 몰랐다.

외로움이 조금 익숙하긴 하지만 함께 있을 수 있는 누군가를 잃는다는 건 도저히 견딜 수 없을 것만 같았다.

5

소리가 들린 곳을 유추해서 도착한 곳은 높은 곳에 위치해 있는 한 동굴이었다. 결국은 찾아내고야 말았나. 운이라면 운이었고 아직 오크와의 인연이 끝나지 않았다는 신의 계시였을 수도 있었다.

뭐, 아무렴 어떠냐.

사실 나는 늑대인간이 무섭다. 하지만 강해지기 위한 길.

이대로 도망간다면 나는 대화 상대를 잃는 것과 함께 아주 커다란 것을 잃게 될 것임을 예감했다.

그것이 아직은 어려서 무엇인지 확실히는 생각되지 않지만 아주 위험한 것 정도임은 본능적으로 깨닫고 있었다.

그래서일까.

가슴이 두근거리고 무섭고 두려웠지만 두려움을 향한 도전이라는 것이 묘한 카타르시스를 전해주고 있었다.

마나를 발판으로 하여 동굴을 향해 뛰었다.

스승님이 육체적인 부분마저도 단련시키기 위해 훈련시켰던 것이 굉장한 도움이 되고 있었다. 그때 죽기 싫어(?) 게을리 하지 않았던 노력들이 결국 지금 빛을 발하고 있었다.

팍!

거칠고 거의 완전한 수직인 벽을 타고 올라가는 건 큰 용기를 필요로 했다. 아래를 아직 내려다보지는 않았지만 신체의 아래쪽이 서늘해지는 것을 느끼곤 했는데 정말 소름이 쪽 끼쳐 버리는 경험이라 두 번 다시 하고 싶지 않은 것이었다.

어쨌든 어떻게든 올라와 동굴 안쪽을 보았다. 피를 흘리고 있는 오크가 나를 발견했다. 눈을 번뜩 뜨며 나를 향해 기어오는 것을 늑대인간이 목을 잡아채 버렸다.

"더럽게 크구나."

거대 늑대인간이라서 그런지 동굴의 스케일도 장난이 아니다. 하지만 싸움이라면 이런 공간이 오히려 도움이 될 수도 있었다. 완전히 넓은 곳이라면 속도 때문에라도 내가 불리할 수 있었기 때문이다.

이미 몸은 흥분된 상태였다.

즉흥적으로 뿜어져 나오는 마력의 힘을 느끼며 마나를 제어하기 시작했다.

"파이어 볼!"

공간을 생각해서 공격 마법인 파이어 볼의 외적인 부분을 가장 압축시킬 수 있도록 노력했다. 게다가 그 마법이 정확히 겨냥한 목표물을 맞추지 못한다면 만약 동굴에 적용되는 순간 무너진다면 끝장이었다.

그러나 지금의 내 단계에서 가장 빠르게 녀석을 상대할 수 있는 방법은 이것밖에 없었다.

스승님이 상대를 쓰러뜨림에 있어 가장 중요하다고 했던 것들 중 하나는 주어진 상황을 가장 잘 이용할 수 있어야 한다는 것이었다. 나는 그 말을 충실히 따를 수 있도록 노력하고 있었던 것이다.

커다란 화염구가 늑대인간의 가슴을 향해 날아가 명중했다.

불을 가슴에 얻어맞고 고통 어린 외침을 터뜨리는 사이 나는 오크에게 힐을 시전했다.

회복이 좀 됐는지 나를 보며 갈망의 눈길을 보냈다.

"함께하겠습니다!"

내 허리춤에 달고 있던 검을 던져 주었다.

"합동 공격이다. 타이밍을 준비해라!"

"예!"

내가 던져 준 검을 아슬아슬하게 받아내고 떨리는 목소리로 간신히 대답했다. 하지만 확실히 전사족 오크답게 그는 검을 쥐고 용감히 달려들었다.

오크는 늑대인간의 허벅지 쪽을 노렸는데 놀랍게도 꽤나 멋진 궤적을 그리며 검이 다리를 베어냈다.

잘 몰랐는데 이런 극한의 상황 때문일까.

나는 오크에게서 검술의 재능을 느꼈다.

촤악—!

핏물이 검에 묻어나고 늑대인간의 몸은 휘청거린다.

"쿠어어!"

몬스터는 괴성을 지르며 고개를 치켜들었다.

뒤로 물러나려는 그에게 바람의 마법, 윈드 커터를 시전했다.

쉬쉬식!

차가운 바람이 날카로운 예기를 덧붙여 늑대인간의 얼굴을 향해 날아갔다. 선회하며 날아간 바람의 칼날 윈드 커터가 눈을 그었다.

핏물이 흩뿌려지며 그의 시야가 완전히 사각지대로 들어갔다.

가볍게 몸만 풀 수 있을 정도로 사냥할 생각이었는데 이런 보스 급 늑대인간을 사냥하게 될 줄은 정말 꿈에도 생각지 못한 것이었다.

어쨌든 눈을 뜰 수 없어 허우적거리는 녀석에게 최후의 기술을 먹여야 할 때였다.

오른손에 웅장한 기운이 어렸다.

꿈틀거리는 대자연의 마나가 손으로 스며들었다.

나는 손바닥을 활짝 펼쳤다.

넓게 퍼져 나가듯 푸른색의 선명한 마나가 팔을 휘감듯 올라갔다. 눈이 푸른색의 마나로 가득 찰 때 나는 늑대인간을 향해 바닥을 차고 뛰어올랐다.

시야가 보이지 않기에 완벽한 기회였다.

부디 좋은 곳으로 가기를!

나는 늑대인간의 가슴팍으로 파고들어 가며 손을 내뻗었다.

휘이익!

파아아아앙!

손바닥이 가슴을 쳤고, 그 순간 마나가 늑대인간의 내장을 격렬히 뒤흔들었다. 충격이 얼마나 전해졌을까.

입에서 새빨간 피가 홍수처럼 터져 나왔다.

그 피를 흥건히 뒤집어썼을 때 오크가 검을 던졌다.

쇄애액!

푸우우우욱!

날아간 검은 정확히 이마를 꿰뚫었다.

쓰러지는 거구의 늑대인간.

실로 어마어마한 몬스터였다.

오크는 새파랗게 질린 얼굴로 바닥에 주저앉았다.

"좀 어때?"

"괜찮습니다."

하얗게 질린 안색을 보니 결코 괜찮은 것이 아니었다.

"내가 힐로 치료해 준 곳 말고는 다친 곳이 없어?"

"등이 조금……."

나는 낡은 오크의 옷을 훌렁 까보았다.

등짝에 세 줄기의 손톱 상처 자국이 크게 남아 있었다.

나는 눈을 감고 집중했다.

손에서 하얀 빛이 흘러나왔다. 그리고 그 빛이 상처에 스며들면서 피가 멎었고 상처는 회복되어 나갔지만 상처를 완전히 지우는 것은 불가능했다.

"크르릉. 드디어 좀 살 것만 같군요. 감사합니다."

"괜찮다면 됐어."

나는 이제야 한시름 놓고 바닥에 풀썩 주저앉았다.

"자칫하면 죽을 뻔했어. 너도 알지?"

오크는 심각하게 수긍하는 듯 죽 쓴 얼굴로 고개만을 살짝 끄덕거렸다. 나는 오크를 보며 물었다.

"살아남기 위해선 뭐가 필요할 것 같아?"

오크는 자신없이 대답했다.

"훈련… 일까요?"

"맞아. 너와 난 연습만 꾸준히 하면 돼."

나는 고개를 끄덕이며 말을 이었다.

"조금만 더 시간이 지나면 웬만한 녀석들은 내 마법을 굳이 쓰지 않아도 괜찮을 게 틀림없어."

"하지만 약간 걱정되는 부분이 생길 수 있겠습니다. 그렇게 체술적인 부분이 많은 연습 시간으로 할당된다면 좀…….."

나는 그의 진지한 이야기에 코웃음 쳤다.

"좀은 무슨. 살기 위해 무슨 짓을 못해."

거의 절반은 웃자고 한 소린데 녀석은 진지하게 받아들였다.

"살기 위해라··· 뭔가 비장하군요."

나는 히죽 웃었다.

"가난과 굶주림을 아주 이른 나이에 알았으니까."

오크도 수긍하는 듯 웃으며 고개를 끄덕인다.

이제 점점 정리되는 분위기인 것 같아 막 일어나려는 순간 이었는데 오크의 갑작스런 외침이 나를 막아섰다.

"위험합니다!"

"뭐?"

갑자기 위험하다니? 뭔 소리야?

'늑대인간은 죽었잖아' 라고 말하려고 하는 순간 등이 깨질 것 같은 충격이 강타해 왔다.

퍼어억!

엄청난 소리가 등 쪽에서 울린다.

동굴 안 바닥을 굴렀다.

완전히 일어설 수 없을 정도는 아니라서 애써 중심을 잡고 힘겹게 일어났다. 하지만 오히려 그것이 문제를 일으킬 줄은 생각지 못한 것이었다.

파이어 볼로 인해 아직 연기가 남아 숨을 쉬기가 힘들었다.

간신히 눈을 떠 나를 가격한 놈을 확인하려 했는데 그 순간 연기에 가려 그림자밖에 보이지 않았다. 그런데 그 그림자가 방금 전 오크가 검을 던져 머리를 쪼갠 녀석과 덩치가 거의 흡사했다.

나는 믿기지 않는 얼굴로 중얼거렸다.

"분명 죽었을 텐데 대체 어떻게?!"

경악에 찬 음성이 입에서 흘러나왔다.

살 수가 없다.

뇌를 가진 생물체 중 뇌에 치명적인 공격을 당한 몬스터가 부활할 수 있다는 소리는 어느 곳에서도 들어본 적이 없었다. 이 거대 늑대인간이 갑작스럽게 또다시 좀비로 변하는 것 자체도 신빙성은 물론이거니와 번개를 연이어 맞을 정도로 낮은 확률일 수밖에 없었다.

궁금함과 호기심이 중첩되어 온몸을 사로잡았다.

나는 콜록거리는 기침과 함께 앞으로 천천히 걸어가 보았다. 동굴 밖으로 서서히 연기가 빠지고 그 실체가 드러났다.

"죽은 놈은 암놈이었구나."

수놈의 붉은 눈빛이 내 눈과 마주쳤다. 그리고 마주치는 순간 단 한순간의 쉴 틈도 없이 달려들었다. 그리고 바닥에서 깨어나는 수십 마리의 해골들.

모두 허리춤에 넓적한 검을 달고 있었다. 그것을 기다렸다는 듯이 꺼냈다. 늑대인간의 팔이 휘릭 움직이더니 손톱이 내 뺨을 스치고 지나가고 스켈레톤이 어슬렁어슬렁 다가오는 것을 보았다.

아직 내 실력으로는 이런 상황에서 모두를 처리할 수 있는 힘이 없었다. 경험 부족은 물론이며 긴장감이 팔과 다리를 무겁게 하고 정신력을 갉아먹고 있었다.

이대로라면 죽을 수도 있겠다는 생각이 들었다.

죽음.

이 두 글자의 단어를 떠올리게 된 건 정말 오랜만이었다.

어릴 적 굶어 죽을 뻔한 적은 있지만 타의 힘에 의해 목숨이 끊어지는 것에 대해서는 별로 생각해 본 적이 없었던 것 같다.

어떨까?

당연히 둘 다 무섭다.

하지만 지금도 오금이 저려올 정도로 무서운 상황이었다. 있는 힘을 다 끌어 모아 처리해야 할 테지만 이렇게 협소한 공간에서 저렇게 많은 녀석들을 처리하고 동굴을 빠져나가야 한다는 현실은 마치 공기가 내 목을 짓누르는 것처럼 답답함을 주었다.

짧은 시간 동안 수만 가지 생각이 머리를 스치고 지나갔다.

거의 절망의 늪에 몸 절반은 들어가 있다고 생각한 순간이었는데 그림자 하나가 입구를 막아섰다. 그리고 그 빛을 막은 자를 돌아본 몬스터들은 고개를 갸웃거렸다.

공중에 떠 있었다.

날개가 달린 동물도 아닌데 몸이 공중에 떠 있다니. 자신들도 처음 보는 광경에 꽤나 눈이 휘둥그레진 것 같았다. 거대 늑대인간은 미동도 하지 않고 하늘에 떠 있는 그 그림자에게 저벅저벅 걸어갔다.

하지만 그 걸음은 채 다섯 걸음도 되지 않았다.

세 걸음째에 온몸의 사지가 찢어지며 머리가 폭발했기 때문이다. 그 순간 스켈레톤들의 다급한 행동이 시작됐다. 공격적 본능이 완전히 머릿속을 지배해 버린 것이다.

겁없이 달려든 스켈레톤들은 한번 손을 휘짓는 것만으로 뼈가 부서져 버리고 밀가루처럼 흩날렸다.

투르르륵—

바닥을 나뒹구는 해골.

그리고 찾아온 적막.

절대적인 힘에 의해 정리된 이 분위기는 현실감을 잃어버릴 것만 같은 짧은 한순간이었다.

"대체 여기까진 왜 올라온 게야?!"

이 호통 소리는 분명 스승님, 이클레이드였다.

저 망할 노인네가 이토록 반갑다니.

자칫하면 죽을 수도 있는 것을 살려준 은인이 아닌가.

나는 잔뜩 긴장한 상태에서 그를 맞이했다.

"어서 오세요. 늦지 않으셔서 다행입니다."

그 다음 행동은 거의 이야기하지 않아도 상상이 될 것이다. 노인의 재질을 알 수 없는 몽둥이가 머리를 때렸다.

정말 거짓말이 아니라 뇌가 찢어지는 고통을 느꼈다.

"너… 너무하십니다!"

"너무하긴 뭐가 너무하다는 말이냐! 모두 쓰러뜨릴 생각은 안 하고 바보같이 기다리고만 있는 상황이라니. 내가 너에게 지금껏 가르친 것이 뭐가 되는 것이야!"

나는 깊숙이 고개를 숙였다.

"죄송합니다."

내 마음속에서 누군가가 나를 향해 소리쳤다.

'노력파일 수도 있지만 영양가가 없는 바보짓이란 것을 깨달을 날이 오게 될 것이다.'

"지금부터 한 달간 저택 내부에서 짧은 외부로의 출입조차 불허한다!"

까마득한 앞날로 인한 슬픔이 가슴에 절절히 와 닿았다.

정말… 암흑이 머리 위로 드리워지는 기분이었다.

무거운 걸음으로 나는 먼저 저택으로 향했고 스승님은 오크를 데리고 어디론가 가셨다.

무슨 이야기를 하려는 걸까, 라고 잠깐 궁금했지만 이내 오늘의 전투 실적이 기억나 모든 궁금증은 사라지고 다시 내 실력에 회의를 느끼는 자괴감에 빠져들어 버렸다.

낯선 공기를 들이마시자 긴 한숨이 나왔다.

나는 터덜터덜 무거운 발걸음으로 저택으로 향했다.

Last Chapter

#

　몸을 웅크린 채 구석에 쪼그려 앉아 있다.

　이 한 마리의 불쌍해 보이는 오크는 바들바들 떨며 지금 이 순간 어찌해야 할지를 몰라 했다. 그리고 그런 오크를 차갑고 깊숙한 눈동자로 바라보는 한 노인이 있었다.

　"내가 언어를 해결할 수 있는 마법을 걸어주었으니 이야기를 나눔에 있어 불편함은 없을 터, 지금부터 내가 하는 말을 잘 듣도록 하거라."

　노인의 말에 오크는 정신없이 고개를 끄덕였다.

　수긍하지 않았다가는 당장 시체로 변하는 데에 단 몇 초도 걸리지 않을 것만 같은 불안감을 느꼈다.

노인의 몸에서 뿜어져 나오는 기세와 열기는 압도적이다.

존재 자체에서 은연중 흘러나오는 그것.

그 끔찍한 존재감에 치를 떨며 오크는 한마디라도 놓치지 않기 위해 최대한 귀를 기울였다.

"나는 내 제자를 왕국으로 보낼 것이니 너는 그 아이를 따라가도록 하거라. 그리고 나의 제자가 나를 뛰어넘는 위치에 도달하는 순간 이 편지를 전해주도록 해."

종이 봉투를 받아 든 오크는 겨우 고개를 들어 입을 열었다.

"그냥 전해주기만 하면 되는 것입니까?"

"그렇다."

오크는 크게 고개를 끄덕였다.

"알겠습니다. 그런데… 제가 만약 죽으면 어떻게 합니까?"

"아주 끔찍한 일이 벌어질 테지."

"끄… 끔찍한?"

베놈이 놀라며 물었다.

노인은 무시했다.

그냥 갑작스레 손으로 오크의 몸에 무언가를 그리기 시작했다. 오크는 고개를 갸웃거리며 더 이상 참지 못하고 물었다.

"크릉. 지금 이것은 무엇입니까?"

노인이 말했다.

"네놈을 통해 제자를 지켜볼 수 있는 마법이지."

그 놀라운 이야기에 오크는 그저 넋을 놓고 있었다.

"게다가 너의 모든 행적까지도 알 수 있는 것이니 허튼수
작은 부리지 않는 것이 좋을 것이다. 알겠느냐?"

낮게 물어오는 그 목소리에는 완전한 진심의 무게만이 무
겁게 실려 있었다.

*　　　*　　　*

노인은 목이 뻐근한 듯 목을 주무르며 느릿한 걸음으로 걸
었다. 멀리 목적지였던 드워프 마을의 입구가 눈에 들어왔다.
마법으로 미끄러지듯 입구 쪽으로 다가가자 자신을 알아본
드워프계 문지기들이 빠짝 긴장한 채 경례했다.

"오랜만입니다, 대마법사님!"

노인은 콧방귀를 뀌며 수염을 쓸었다.

"대마법사는 무슨. 문을 열도록 하라."

"예!"

문지기들은 드워프 마을에 도착한 노인을 입구에서부터
정중히 어디론가 안내했다. 작은 문지기들의 표정은 하나같
이 공손했다.

그의 심기를 거스르지 않기 위해 최선을 다하고 있는 표정

같았다. 촌장이 머무르는 곳에 도착한 노인은 다리를 꼬고 앉으며 거만한 시선으로 문지기들에게 명령했다.

그는 마치 이 산의 주인인 것 같았다.

"촌장을 불러오도록 하라."

"예."

이 오만한 태도에도 불구하고 그들은 그저 조용히 고개를 숙이며 응답할 뿐이었다. 잠시 후 드워프 마을의 촌장이 들어왔다.

촌장은 고개를 크게 숙이며 환하게 웃었다.

"정말 오랜만이십니다. 그동안 왜 이리 발걸음이 뜸하셨는지요?"

노인은 얼굴을 찌푸렸다.

"흥, 맘에도 없는 소리 하지 말거라."

촌장이 고개를 있는 힘껏 흔들었다.

"마음에도 없는 소리라뇨. 그렇게 말씀하시면 저희가 섭섭합니다. 이클레이드님은 큰 은인이 아니십니까. 붉은 고블린들과의 전쟁에서 은인의 도움이 없으셨다면 그 결과는 참담했을 것입니다."

"되었네. 그런 꿀 발린 소리 듣고자 여기까지 찾아온 게 아니야."

"아, 혹시 필요로 하시는 것이 있으신지요?"

"필요로 하는 것이라. 그렇다고 할 수 있겠군."

"음… 저희들이 자랑할 수 있는 거라곤 미스릴밖에 없는데, 혹시."

"아니야."

촌장이 고개를 갸웃거렸다.

"아니시라면?"

"쟝 얀느라는 아이를 만나고 싶다."

촌장의 얼굴이 굳어졌다.

"그 아이는 무슨 이유로……?"

노인의 눈빛이 싸늘해졌다.

"그동안 입이 꽤 가벼워졌구나."

"죄… 죄송합니다."

촌장은 소름 끼치는 차가움을 느꼈다.

뼛속까지 얼릴 것만 같은 시선.

살기가 천막 안 내부를 가득 채웠다.

그 무거운 중압감에 촌장은 사정없이 몸을 떨었다.

"지금 당장 그 아이를 내 앞으로 데려오너라."

"예!"

촌장은 후들후들 떨리는 다리를 어렵게 붙잡고 천막을 나갔다. 그 뒷모습을 노인은 차가운 눈빛으로 바라보았다. 촌장이 완전히 사라지고 잠시 후 하얀 피부에 곱상한 얼굴의 키

큰 아이가 천막 안으로 들어왔다.

분명 드워프 족답지 않게 짧지 않은 큰 키의 소년이었다.

완전히 인간과 흡사했다. 아름다운 외모는 물론이며 가늘고 긴 팔다리는 엘프를 연상시키고 있었다.

"하프 드워프인가."

"그렇습니다."

노인은 고개를 끄덕였다.

"그렇구나. 뭐, 그건 중요한 게 아니니 일단 이리 와서 앉거라."

거의 반기계적인 걸음으로 걸어와 앉았다. 가만히 아이의 눈빛을 바라보던 노인은 대뜸 껄껄 웃었다.

노인은 웃음을 멈추고 기다렸다는 듯이 본론을 이야기했다.

"네놈이 내 일을 도와줘야겠다!"

소년은 고개를 저었다.

"거절합니다."

"소중한 것을 잃고 싶으냐?"

"소중한 것?"

그는 마치 '전 소중한 것 따위는 없습니다' 라는 눈빛으로 노인을 보고 있었다. 노인은 그 시선을 차라리 즐기는 듯 맞받았다.

"나를 돕는다면 넌 네가 원하는 것을 얻을 것이다. 하나 나를 돕지 않는다면 네놈은 얻을 수 있는 것도 얻지 못할 것이며 네놈이 반드시 필요로 하는 것조차 얻을 수 없을 것이다."

소년은 희미하게 웃으며 고개를 끄덕였다.

"무슨 뜻인지 알겠습니다. 내용을 말씀해 보세요."

"내 오래되지 않아 제자를 이리로 보낼 것이다. 그 아이와 함께 바이슨 왕국으로 동행하며 힘이 되어줬으면 하는구나."

"이해할 수 없군요. 저 같은 놈이 무슨 도움이 될 수 있는 건지."

"아니!"

노인은 단호하게 고개를 저었다.

"네가 없다면 모든 계획은 무산된다. 네놈이 핵심이란 소리다. 모든 각본이 완성되기 위해선 네가 필요하다는 소리지."

"제가… 말입니까?"

"그렇다."

"어떻게 그런?"

여전히 이해할 수 없다는 얼굴이었지만 노인은 더 이상 설명하지 않고 일어섰다.

"가능하면 그 아이와 함께 바이슨 왕국으로 향할 수 있도록 마음의 준비를 하도록 하거라. 나는 모든 이야기를 한번에 풀어놓는 사람이 아니다. 아주 천천히 너에게 연락을 취할 것이니 항상 긴장을 놓치지 말고 있어야 할 것이야."

대답은 들려오지 않았다.

소년의 보라색 눈동자가 과감히 노인의 눈을 관통할 뿐.

노인은 가늘게 웃었다.

'그 누구도 두려워하지 않는 강철의 심장과 그 어떠한 것도 피하지 않는 눈을 가진 아이다. 내 옛날부터 이 아이를 눈여겨보았었지. 내 눈은 틀리지 않았다. 심연의 어둠과도 같은 깊이를 가지고 있는 이 녀석은 내 제자와 함께 운명을 같이하는 길을 걸을 것이다!'

*   *   *

어두운 공간이다.

나무로 만들어진 낡은 집 안이었다.

"우웨에엑!"

한 사내가 입에서 붉은 피를 쏟아냈다.

쏴아아—

창밖으로는 소나기가 내리고 있었다.

습기 가득한 내부에서 비린내가 올라온다. 바닥은 온통 빗물로 젖어 있다. 천장에서는 냄새나는 빗물이 뚝뚝 떨어졌다.

사내의 멍한 얼굴이 창문에 반사된다.

정신이 몽롱한 듯 몸을 잘 가누지 못했다.

철퍽—

손바닥이 창문에 '처억' 부딪쳤다.

거친 호흡을 몰아쉬며 사내가 창문을 열었다.

덜컥!

쉬이이익!

비바람이 내부로 급격히 들어왔다.

몸이 당장 얼어버릴 것 같은 추위가 엄습했다.

"하아아… 하아……."

콰르릉!

천둥 번개가 치면서 사내의 얼굴이 비춰졌다.

끔찍하고 흉측한 외면의 모습이 드러났다.

몸은 인간의 형태지만 괴물이나 다름없는 모습이었다.

사내는 자신의 흉측한 몸을 바라보며 괴로운 듯 소리 질렀다. 게다가 온몸의 곳곳에서 통증이 올라와 근육을 찢고 있는 듯한 통증을 느껴야만 했다.

사자보다 더 큰 입과 검은 눈동자.

"크으어어어!"

사내의 괴성이 작은 내부 공간을 크게 울렸다.

귀를 막아도 고통스러울 정도의 시끄러운 음성이었다. 그만큼 괴로운 듯 몸을 비틀며 벽에 기대어 숨을 몰아쉬었다.

콰드득! 콰득!

근육이 팽창되고 미쳐 버릴 것만 같은 근육통이 온 정신을 까마득하게 만들었다.

사내는 비틀거리며 걸었다.

두껍고 통나무로 만들어진 문을 열고 나갔다.

꽈르릉!

다시 한 번 벼락이 온몸을 하얗게 비춘다.

사내가 빗물에 젖어 무거워진 고개를 들었다.

초점이 맞추어지고 시선은 점차 멍하게 변했다.

"이, 이클레이드."

빗물이 노인을 피해가기라도 하듯 흘러가는 모습은 기괴했다. 비를 맞지 않기 위해 마나로 비를 차단하는 것이다. 빙그레 웃는 얼굴로 자신을 바라보는 그의 모습에 피가 싸늘하게 식는 기분이 들었다.

그에게 상대가 되지 않는다는 현실을 깨닫고 있기에 분노보다 공포의 감정이 앞서는 것이다.

"잘 있었느냐, 델 키오르."

델 키오르라 불린 사내의 얼굴이 굳어졌다.

입술이 가늘게 떨리고 눈이 흔들렸다.

깊이를 알 수 없는 회색 눈동자가 온몸을 훑을 때는 전신이 찌르르 전기에 통하는 것 같았다.

마치 온몸이 감전된 것처럼.

"안색이 좋지 않구나."

괴물이 되어버린 자신을 바라보며 하는 저 말이 너무도 잔 인하게 들려왔다. 사내는 축 늘어진 몸으로 터벅터벅 걸어 바 위 위에 걸터앉았다.

느릿느릿한 걸음으로 걸어온 이클레이드는 거의 무너져 가는 집을 보면서 말했다.

"손님을 안내할 생각이 없는 거냐? 스승님이 직접 찾아왔 는 데도 불구하고."

"스승님?!"

사내의 눈이 희번덕거렸다.

정말로 섬뜩한 눈빛이었지만 노인은 전혀 아무렇지도 않 은 듯 그저 껄껄 웃을 뿐이었다. 옷이 거치적거리는지 긴 소 매를 펄럭이며 그는 집 여기저기를 구경했다.

"가문도 있고 돈도 있는 녀석이 어떻게 해서 이렇게 허름 한 곳에서 지내느냐?"

사내는 큭큭거리는 낮은 톤으로 웃었다.

"정말로 몰라서 묻는 거냐?"

"눈을 피하는 거라면 개인적인 공간 정도는 충분히 만들 수 있었을 텐데?"

사내는 피식 웃었다.

환멸에 가득 찬 웃음과 함께 그는 죽일 듯이 노인을 노려보았다.

"걱정하는 척이라면 집어치워!"

노인은 고개를 저었다.

"걱정하는 게 아니야."

"그럼?"

"단지 이해가 가지 않을 뿐."

"그러신가."

스르르르.

몸이 정상적인 인간의 모습으로 돌아오고 있었다.

부작용이 슬슬 가라앉기 시작했다.

점차 인간의 모습을 찾아가고 곧 완전히 괴물의 모습에서 벗어났을 때 그제야 그는 편안한 얼굴로 숨을 쉬었다.

"힘들어 보이는군."

땀이 비와 함께 뒤섞인다.

차가운 비바람에 땀이 마르고 몸은 차가워진다. 사내는 창백해진 얼굴로 일어나 집으로 걸어갔다. 현기증이 오는지 고개를 가로저었다.

"내가 이유없이 널 찾을 거라고 생각하는 건 아니겠지?"

사내가 뒤돌아보았다.

깊이 가라앉은 검은 눈동자를 희미하게 웃으며 바라본다.

이클레이드는 어깨를 으쓱거렸다.

"내 이야기를 좀 들어줬으면 좋겠는데. 어떤가?"

사내의 검은 눈썹이 짙게 꿈틀거렸다.

노인은 낮은 목소리로 유혹했다.

"괜찮은 제안인데."

"필요없어."

"영원한 악몽과 관련된 것이란다."

영원한 악몽이라는 말에 사내의 얼굴이 완전히 바뀌었다.

바드득.

이를 갈며 사내가 문을 열었다.

"들어와."

노인이 손가락을 튕기자 하얀 빛이 터져 나왔다. 그 빛은
어둡고 좁은 공간을 환하게 밝혔다. 집 안에 사물이라고는 큰
항아리 두 개뿐이었다. 사내는 오래되고 퀴퀴한 냄새가 나는
낡은 의자를 끌어와 노인에게 건넸다.

"시간 끌지 말고 본론을 말해."

노인은 찡그린 얼굴로 어두운 창문 밖을 보며 말했다.

"날씨가 안 좋군. 하지만 이야기를 꺼내기엔 최적의 환경인
것만 같아. 이렇게 인적 드문 곳은 일부러 찾기도 힘들 테고."

"당신, 나이를 먹더니 말이 많아졌군."

노인은 가래 끓는 목소리로 웃었다.

"나이를 먹긴 먹더군. 예전 같지가 않아. 게다가."

노인은 기묘한 눈동자로 사내를 돌아보았다.

"이젠 꼭 퇴물이 되어버린 기분이야."

사내는 거무튀튀한 눈동자로 노인을 앉은 상태에서 올려다보았다. 증오와 혐오가 뒤섞인 심연의 깊이를 품에 안고 있는 눈동자였다.

"시간 끌지 마. 본론을 이야기해. 본론을 이야기하란 말이야!"

사내는 의자를 박차며 일어났다.

흥분으로 인해 얼굴이 시뻘겋게 달아올라 있었다. 푸르륵 푸르륵거리는 입에서 침이 흘러나왔다. 격렬하게 흥분하는 사내를 보면서 노인은 찌푸린 얼굴로 고개를 저었다.

"진정하거라. 스승과 제자 사이가 이토록 멀어……."

스르릉.

사내는 노인의 말을 계속 들을 생각이 없는 듯 왼쪽 허리에서 검을 꺼내어 한 발자국 나아가 안정적인 자세로 검을 찔렀다. 고도로 훈련되어 필요없는 동작이 모두 배제된 날카로운 예기가 더불어 끝이 살아 있는 차가운 검끝이 노인의 목을 향한다.

근접 거리에서라면 거리가 없는 마법사에겐 치명적인 공격이었다. 완전히 노출되어 있는 상황. 그 짧은 찰나에 노인의 몸에서 푸른 색체의 투명한 무언가가 흘러나왔다.

그것은 마치 시간을 정지시키는 향수처럼 은은한 향과 함께 순간적으로 노인의 움직임이 정지된 시간 속에서 이동되는 듯한 착각을 불러일으켰다.

사내 역시 그것을 스스로 느낌과 동시에 절망감이 치고 들어오는 것을 온몸으로 느낀다. 검을 아슬아슬하게 피해내고 마나를 실은 손가락으로 검을 튕겼다.

때앵—

얇고 긴 소리가 울려 퍼졌다.

마나의 흐름에 변화를 주어 사내의 눈앞에서 마나가 폭발하고 그 여파에 의해 사내는 뒤로 밀려났다. 뒷걸음질치며 물러난 사내의 얼굴에는 땀이 한가득 맺혀 있었다.

그는 노인에게서 넘을 수 없는 벽을 느꼈다.

"브로크웨이는 마법체계를 이길 수 없다는 사실을 아직도 깨닫지 못했느냐?"

사내는 눈을 감았다.

마치 모든 것을 체념하고 마음속에 담겨져 있는 모든 분노를 강에 흘려보내듯이.

"내게 원하는 게 무엇인가?"

"내 제자를 지켜준다면 너를 인간으로 되돌려주지."

사내가 천천히 눈을 떴다.

혹색의 검은 진주 같은 눈동자가 천둥 번개에 반사되어 빛을 발했다.

"더 이상 당신의 말을 믿을 수는 없어."

"다른 방법이 없을 텐데… 너희들이 흔히 알고 있는 방법으로 브로크웨이에서 벗어날 수 있을 것 같은가? 다른 방법이 없다는 사실을 깨달아야 하네, 델 키오르 군."

철그렁!

손에서 힘을 빼자 검이 바닥에 떨어졌다. 보석으로 치장된 화려한 검은 바닥의 축축한 물기에 젖어 금세 더러워졌다. 그 검을 보던 노인의 눈과 사내의 눈이 다시 한 번 마주쳤다.

"기한은?"

"마법체계의 전승자가 나를 죽이는 그 순간 마법사의 탑으로 아이그란을 찾아가거라."

"당신이 죽는다고?"

"왜? 끌끌, 거짓말 같으냐?"

"대체 무슨 꿍꿍이를 가지고 있는 건가?!"

노인은 고개를 저었다.

"꿍꿍이 같은 건 없어. 다만 내 제자가 내가 이룰 수 없는 것을 이루는 것을 기대할 뿐."

"당신이 죽는다면……."

"그 후의 화려한 인생들은 지옥에서 바라보지."

사내는 피식 웃었다.

"도저히 이해할 수 없군. 마치 세상 다 산 사람처럼 제자에게 죽기만을 기다리고 있다라… 그것도 당신이? 말이 안 돼."

"말이 되든 안 되든 중요한 건 그게 아니야. 네놈이 내 제안을 받아들이냐 아니냐지."

사내는 검지손가락으로 미간을 꾹꾹 눌렀다. 눈을 감고 깊게 생각에 빠진 듯 잠깐 동안의 침묵이 어두운 내부를 가득채웠다. 그사이 빗소리와 벼락 소리만이 들려왔다. 잠시 후 눈을 뜬 사내가 이내 입을 열었다.

"좋아. 단, 그의 뒤를 보호하겠으나 당신의 명령 따윈 받지 않겠다. 그것을 동의한다면."

노인은 고개를 끄덕였다.

"동의한다. 내일 당장 비가 그치는 대로 이곳으로 향하도록 하거라."

노인은 기다렸다는 듯이 하얀 종이를 건넸다.

"내일모레 녀석이 이곳에 도착한다."

종이를 받은 사내는 그것을 품에 넣고 노인을 노려보았다.

"그대의 말이 사실인지 확인하고 싶다. 미리 마법사의 탑으로 가 그대의 약속을 확인한 뒤 로크라는 소년의 신변을 보호하겠어."

"맘대로 해. 난 갈 곳이 있어서 더 이상 시간을 지체할 수 없을 것 같군. 그럼."

　노인은 모든 말을 끝맺은 듯 워프를 시전하기 위해 마나를 일으켰다. 푸른 기운이 전신을 휘감았다. 노인의 형체는 점점 희미해지더니 순식간에 완전히 집 안에서 사라졌다. 발자국만이 남은 흔적을 바라보며 사내는 조용히 생각에 잠겼다.

　이내 생각을 정리한 얼굴로 그는 걸음을 옮겼다. 거의 사람 절반만 한 커다란 검은 가방에서 로브와 검을 꺼냈다. 깨끗한 검을 허리에 차고 로브를 몸에 두르고 곧장 나무 집에서 문을 열고 나왔다.

　거센 비가 사내의 온몸을 때렸다. 그리고… 험한 산세를 걷고 있는 델 키오르의 뒷모습만을 벼락이 비추었다.

『마법체계』 The END

E-mail:terey16461@hotmail.com
개인 블로그:http://thehanma.egloos.com/

EXCITING! BLUE! 블루부크(BLUE BOOK) 청어람의 또 다른 이름입니다.

BLUE BOOK 출범 및
칠대천마 출간 기념 이벤트!

빠르게 발전해 가는 장르문학의 변화를 리드하고 절대적인
재미와 감동, 무궁무진한 상상력으로 **도서출판 청어람의
뉴 브랜드 블루부크**가 출범히였습니다.

높은 완성도와 끊임없는 반전의 연속, 감동을 전해 드릴 것을
약속드리며 시작하는 **블루부크**의 첫 번째 출판작

칠대천마!!(七代天魔)

그 눈부신 첫 작품이 독자 여러분의 곁을 찾아갑니다.

그리고 몰아치는 대폭풍 같은 이벤트!
칠대천마 읽고 쏟아지는 사은품을 노려라!!

ONE. 칠대천마 퀴즈 풀고
문화상품권을 잡아라!

Q1. 수석장로 전홍이 소운에게 쓰는 사람에
따라 모습이 변하는 가면을 주었는데,
그 가면의 이름은?

Q2. 혈창천마의 전 대제자이자 혈창천마의
아들로 현마교의 십장로인 인물은?

문제는 **총 5문제!!**
www.cyworld.com/bluebook 로 접속해서
나머지 문제를 확인하세요!

TWO. 블루부크를 응원만
해도 도토리가?

싸이월드 미니홈피에서 **블루부크 로고**를
스크랩하고 응원메세지를 남기면 **도토리
300개**가 쏟아진다!

언제까지?
기간은 **6월 10일까지!**
지금 바로 싸이월드 **블루부크 미니홈피**에
접속하세요!